「スノーホワイト……君が私の物になった証拠を、見せてくれ」
「——っ、ん……あ、ぁ……！」
尻臀を鷲掴みにされて割られたクロウは、力を入れて閉じていた窄まりをカイルの手で抉じ開けられる。

白雪姫の息子

犬飼のの

19443

角川ルビー文庫

目次

口絵・本文イラスト／笠井あゆみ

僕の母は、緑豊かなグリーンヴァリー王国の王妃《おうひ》——スノーホワイト。

この国の王女として生まれた母は、継母《ままはは》に当たる鏡の魔女《まじょ》に命を狙《ねら》われた挙げ句に、父親を殺されて王国を乗っ取られた。

七人のエルフと、当時は隣国《りんごく》の第二王子だった父の力を借りて魔女を捕《と》らえ、父を婿《むこ》として王位に即《つ》かせたまではよかったが、母は自らの結婚《けっこん》式の際に、大きな過《あやま》ちを犯《おか》した。

鏡の魔女に焼けた鉄の靴《くつ》を履《は》かせて、結婚式の余興として死ぬまで踊《おど》らせたのだ。

魔女は苦しみに身悶《みもだ》えながら、残酷《ざんこく》な継子を呪《のろ》った。

誰《だれ》も解くことができないほど強い、命懸《いのちが》けの呪いだ。

しかしその呪いを、母自身が受けることはなかった。

呪いは、すでに母の身に宿っていた——僕が受けた。

1

王太子カイルが十歳になって間もなく、王と王妃の間に待望の第二子が誕生した。

第一子のカイルは父王に似て、豪華《ごうか》な黄金の髪《かみ》と蒼玉石《サファイア》の瞳《ひとみ》を持つ王子だったため、王妃は第二子が自分によく似た美しい姫《ひめ》であることを願っていた。

その望みの半分は叶《かな》い、誕生したのは、雪のように白い肌《はだ》と鴉《からす》の羽のように黒い髪、そして血の色の唇《くちびる》を持つ、この上なく可愛《かわい》らしい王子だった。

大変な難産の末に誕生したこの第二王子に、王妃は自らの名を与《あた》えた。

王妃のことを名前で気安く呼ぶ者は一人もいなかったので、同じ名前でも不自由はなく、愛くるしい赤ん坊《ぼう》を誰もが「スノーホワイト王子」と呼んで可愛がった。

中でもスノーホワイトを殊《こと》のほか慈《いつく》しみ、自らの部屋に揺籠《ゆりかご》を置いて乳母《うば》以上に面倒《めんどう》を見たのは王太子カイルで、カイルが傍《そば》にいると、スノーホワイトはよく笑い、ミルクをたくさん飲み、カイルが歌う子守歌《こもりうた》を聴《き》いてすやすやと眠《ねむ》った。

そうしてしばらくの間は国中が幸せに満ちていたが——幸福な日々は呆気《あっけ》なく幕を閉じる。

スノーホワイトを出産した際に酷《ひど》く疲弊《ひへい》した王妃は、出産から三月経《た》っても床《とこ》から起き上がることができずに、ある朝突然《とつぜん》、眠るように逝《い》ってしまったのだ。

「父上っ、どうか……どうかお考え直しください！　母上が亡《な》くなったからといって、スノーホワイトになんの咎《とが》があるでしょう。どうか、お気を確かに……！」

「兄上っ、カイルの言う通りです！　これ以上悲しみを深めてはいけません！」

揺籠を片手で押さえつけながら短剣《たんけん》を振《ふ》り上げる父王を、カイルは叔父《おじ》のフィリップと共に止める。

あまりにも王妃を深く愛していた王は、その死を冷静に受け止めることができず、死の原因となったスノーホワイトを逆賊《ぎゃくぞく》として処刑《しょけい》すると言いだしたのだ。

「カイルッ、兄上は私に任せなさい！　スノーホワイトを安全な場所に！」

「すみません叔父上、お願いします！」

十歳の少年の力は高が知れており、カイルは父王の制止を叔父に任せて、揺籠の中のスノーホワイトを抱《だ》き上げた。大急ぎで部屋の扉《とびら》に向かう。

「その子は悪魔《あくま》の申し子だ！　王妃のすべてを奪《うば》った盗人《ぬすっと》を殺せば、王妃は生き返るかもしれない！」

「兄上、いい加減にしてください！」

プリス王は、必死に止める実弟《じってい》──フィリップの手を振り解《ほど》き、カイルを追う。

あと少しのところで逃《に》げ切れずに肩《かた》を摑《つか》まれたカイルは、泣き喚《わめ》く弟をしっかりと胸に抱きかかえ、決死の覚悟《かくご》で振り返った。

「父上……スノーホワイトは母上が命を賭《と》して産んでくれた大切な弟です！　いつか母上そっくりになって、忘れ形見として父上の心を慰《なぐさ》めてくれます。ですからどうか、命だけは奪わないでください！　弟の命を助けてください！」

身を挺《てい》してスノーホワイトを守ろうとしたカイルは、小さな体を抱いたまま両膝《りょうひざ》を床につき、そのまま覆《おお》い被《かぶ》さるように頭を下げた。

自分が抱いているといつも上機嫌《じょうきげん》な弟が、今は殺意に怯《おび》えて泣いている。

本当は自分も一緒《いっしょ》に泣きたかった。

母親を亡くしたことを悲しむ間もなく、本来なら苦しい時こそ支え合うべき家族の間で、このような憎《にく》しみの念が起きるなんて、悪い夢でも見ているようだ。

「王妃からすべてを奪った盗人が、あの美貌《びぼう》を継承《けいしょう》し……私の前でのうのうと生きることなど耐《た》えられん！」

隙《すき》をついたフィリップに短剣を奪われた王は、それでもなお怒《いか》りを露《あら》わにした。

カイルの背後にあった扉を開けると、「エルフを呼べ！」と声を荒《あら》らげる。

廊下《ろうか》に控《ひか》えていた重臣達は、穏《おだ》やかだった王の変貌に慄《おのの》きながら従った。

その場を動かないのは新たに役職を与えられた六人の棺係《ひつぎがかり》で——王妃の遺体を収めた硝子《ガラス》の棺を運ぶのが彼らの役目だ。

王は王妃の遺体を埋葬《まいそう》せずに、常に傍に置いて暮らすことに決めていた。

棺の中で眠るスノーホワイト王妃は、十六やそこらの少女のように見える。継母と同じく魔女ではないかと、実《まこと》しやかに噂《うわさ》されるほど若々しい彼女は、真紅《しんく》の天鵞絨《ビロード》のドレスを身に纏《まと》い、死してなお美しい微笑《ほほえ》みを湛《たた》えていた。

——母上……貴女《あなた》は、亡くなってからも僕を苦しめるのですか？

王が自室に向かうと、棺係は金の台座から棺を持ち上げ、王のあとを追って重たい棺と台座を運ぶ。

あまりにも異常な光景から目を背《そむ》けたカイルは、泣き続ける小さな赤子を胸に抱き寄せ、ぐっと涙《なみだ》を呑《の》んだ。

自分も弟も、王族として煌《きら》びやかな世界に生まれながらも、酷く惨《みじ》めに思えた。

父はそもそも仮死状態だった母を見初《みそ》めて、遺体でもいいから妻に欲しいと望み、七人のエルフから母の遺体を買い取ったのだ。

そして初夜の晩に、破瓜《はか》の衝撃《しょうげき》によって母は息を吹《ふ》き返したと聞いている。

死体愛好の嫌《きら》いがある父と、可憐《かれん》な少女の姿を持ちながらも、残忍《ざんにん》な方法で継母を処刑した母——できることなら両親を尊敬し、心から愛していたかったが、カイルの胸にはいつも躊躇《ためら》いがあった。

何事もなければ笑顔《えがお》が絶えず、愛に満ちた王族一家——けれども何か事が起きればすぐさま均衡《きんこう》が崩《くず》れることを、カイルは幼いながらに察していたのだ。

「どこに行くにも遺体と一緒だなんて、兄上は気が触《ふ》れたとしか思えない。そのうえ我が子を殺そうとするとは……こんなことが民《たみ》に知れたら国が乱れる」

「叔父上……」

「ああカイル、早く大人になってくれ。聡明《そうめい》で何事にも秀《ひい》でたお前が後を継《つ》げば、民も安心するだろう。兄上が正気を取り戻《もど》してくれればいいが、あの目は異常だ」

床に座り込んだまま弟を抱いていたカイルは、父方の叔父に当たる王弟フィリップ・ラグナクリス大公に、「はい」と短く答えた。

しかし胸の内では、堂々と「はい」とは言えなかった。

自分が王になる日など、本当に来るのだろうか。

この身は魔女の呪いに支配され、血に塗《まみ》れている。

何人《なんぴと》たりとも解くことはできない、浅ましい呪いに——。

王は黒い森に住む七人のエルフを呼びだし、第二王子を森の奥に建つ高い塔《とう》に幽閉《ゆうへい》するよう命じた。

さらには、王子から王妃と同じスノーホワイトの名を取り上げ、鴉を意味するクロウという名を新たに与えた。

七人のエルフは亡き王妃が懇意《こんい》にしていた者達で、森で二百年近く生きているという話だが、見た目は十歳のカイルよりも遥《はる》かに幼く見える。

耳の先が尖《とが》っていることを除けば、人間の幼児と外見はさほど変わらなかった。

彼らは七つ子で、ブロンズの肌と銀の髪、金の瞳を持ち、同じ顔をしている。

首から下げたペンダントの石の色だけが違《ちが》っていて、色は七色――黒、白、赤、青、黄、緑、紫《むらさき》。

葡萄《ぶどう》の粒《つぶ》ほどの丸い石は、ほんのりと発光していて美しかった。

「――弟を頼《たの》みます。僕が王になったら必ず迎《むか》えにいきますから、どうかそれまで、あらゆる危険から弟の身を守り、大切に育ててください」

引き渡《わた》しの時を前に、カイルは玉座の父王に聞こえぬよう、エルフ達に囁《ささや》いた。

彼らには特別な力があるため、人間に任せるより安全かもしれない。

しかし本当は誰《だれ》にも渡したくなかった。

今この腕《うで》の中で安心して眠っている弟を、手放したくない。

産まれてから三月の間に、両手に感じる重さは日に日に増していった。

これからさらに成長する弟を誰よりも近くで見守り、初めて立ち上がる瞬間《しゅんかん》も最初の一歩も、何もかもこの目で見届けたかったのだ。

「カイルッ、クロウを早く渡しなさい！」

苛立《いらだ》って怒号《どごう》を上げる父王に、カイルは「はい、父上」と答える。

クロウなどという……王子に似つかわしくない名前をつけられてしまった憐《あわ》れな弟に、心の中でそっと、「僕のスノーホワイト」と声を掛《か》けた。

——必ず迎えにいくよ。君だけを愛してる。

父に対しても母に対しても、揺《ゆ》るぎない信頼《しんらい》と愛情を持てなかったカイルにとって、無垢《むく》な弟は希望であり、愛そのものだった。

しかし今は、涙をこらえてエルフに託《たく》す。

塔に幽閉するという父王の決断は、減刑《げんけい》に他《ほか》ならない。

これ以上逆らえば、今度こそ本当に弟を殺されてしまう危険があった。

2

十五年と九ヵ月の歳月が流れ、黒い森で育ったクロウは十六歳になっていた。

歳《とし》のわりに顔と体は幼く、その反面、百年掛けても伸《の》ばせないほど長い黒髪《くろかみ》を持つクロウは、塔に一つしかない小窓から雪解けの黒い森を眺《なが》める。

冬の間は雪に覆われて真っ白だった森も、徐々《じょじょ》に緑が多くなっていた。

黒い森とは名ばかりで、茨《いばら》の壁《かべ》で囲まれた広大な森は、自然の恵《めぐ》みに満ちている。

この囲いは、七人のエルフの魔法《まほう》によるものだ。

大木の幹のように太い茨がみっちりと隙間《すきま》なく絡《から》み合い、森の内側と外側の世界を高い壁で区切っていた。

出入りできるのは、空を飛べる鳥達と、エルフのように軽々と木や壁を登れる不思議な者達だけだ。

森には狼《おおかみ》もいない、熊《くま》もいない。兎《うさぎ》が恐《おそ》れるのは狐《きつね》と鼬《いたち》くらいで、小動物が悠々《ゆうゆう》と暮らしていた。時折現れる鷲《わし》が、この森の王者のように振《ふ》る舞《ま》っている。

「クロウ、そんなに身を乗りだすと体が冷えてしまうよ」

「そうだよ、そろそろミルクの時間だしね。暖炉《だんろ》の近くで服をお脱《ぬ》ぎよ」

エルフのハイターとエルンストの言葉に、クロウは「うん」と答えてシャツを脱ぐ。

下着やシャツはすべて上等な絹で、雪の如《ごと》く白い肌《はだ》からするりと落ちた。

子供の頃《ころ》はエルフと同じ綿や麻《あさ》の服をぼろぼろになるまで着ていたが、いつからか綺麗《きれい》な服や立派な靴《くつ》が届けられるようになったのだ。

エルフ達に訊《き》いても、どこから持ってきたのか教えてはもらえない。

内緒《ないしよ》にされると残念に思うこともあったが、クロウは秘密が嫌いではなかった。

真実を知らなければ、自由に想像を巡《めぐ》らせることができる。

エルフに託される美しい物や心地好《ここちよ》い物、そして甘いお菓子《かし》は、いつか迎えにきてくれる誰かからの贈《おく》り物なのだと思っていた。

「――ん、ぅ……く、ふ……」

暖炉の近くに敷《し》いた滑《なめ》らかな毛皮の上で、クロウはエルンストのペニスをしゃぶる。

普段《ふだん》は幼児の姿をしている彼らは、食事時になると本来の青年に変容した。

ブロンズ色の逞《たくま》しい肉体と、銀色の髪《かみ》、金色に光る瞳《ひとみ》、尖った耳――首から下げている石の色以外は何もかも同じ七人の青年が、クロウを囲む。

七人のうち、朝は二人、昼も二人、夜は三人がクロウにミルクを与《あた》える係になり、他の者はクロウの体を撫《な》でたり舐《な》めたり、クロウが漏《も》らしたミルクを飲んだ。

「う、ん……む……っ」

どくんっと放たれた濃厚《のうこう》なミルクを喉奥《のどおく》に受けたクロウは、跪《ひざまず》いた恰好《かっこう》で太い性器をちゅうちゅうと吸う。ミルクは少し青臭《あおくさ》くて苦いけれど、ずっとこればかりを飲んできたので、飲み干すのも搾《しぼ》りだすのも慣れたものだ。

「ああ、クロウ……いい……もっときつく吸っておくれ」

「手を動かすのも忘れないで。そう、いいよ……その調子だ」

「ふ、く……ぅ」

クロウは昼食係のエルンストのペニスを吸いながら、右手では同じ昼食係のユンクのペニスを握《にぎ》って扱《しご》き、左手では夕食係のハッチーのペニスを撫で摩《さす》った。

そうしている間も、ハイターに右の乳首《ちくび》をくりくりと弄《いじ》られ、両膝《りょうひざ》の間で仰向《あおむ》けに寝《ね》ているシュヒテンにはペニスをしゃぶられ、ベーゼには左の乳首を思い切り吸引される。

そして背後にいるミューデに尻肉《しりにく》を掴《つか》まれて割られ、左右の親指で拡《ひろ》げられた後孔《こうこう》に舌を挿入《そうにゅう》された。

「あ、は……っ、あぁ……駄目《だめ》、そんなに舐めちゃ、嫌《いや》……」

皆《みんな》で気持ちよくなる行為《こうい》は大好きだけれど、あまり気持ちがよいと少しだけ怖《こわ》くなる。自分がどこかに飛んでいって戻れなくなりそうで、不安な心地だ。

「クロウ、舌は嫌なの？　じゃあ指を挿《い》れようか」

「クロウは奥の痼《しこり》を揉《も》み解《ほぐ》されるのが好きだからね」

「そうそう……すぐにミルクを漏らしてしまうんだよ」

普段の子供の声とは違い、エルフ達は大人の男の声で囁き合う。

クロウは「笑わないでよ」と唇《くちびる》を尖らせて抗議《こうぎ》したが、そうこうしている間に目の前にいたエルンストが腰《こし》を引いた。

昼食用のミルクを出し終えたエルンストは右手にいたユンクと入れ替《か》わり、クロウの眼前には、まだたっぷりとミルクを秘《ひ》めているペニスが突《つ》きだされる。

「は……ぅ、む……」

クロウは空いた右手をエルンストに舐められながら、ユンクのペニスを口にくわえた。

七つ子の彼らは、子供の時も大人の時も互《たが》いに同じ姿形をしているが、こういう時だけはペニスの大きさや硬《かた》さに差がある。

クロウにはそれが面白《おもしろ》くて、撫でると大きくなったりミルクを出すと萎《しお》れたり、表情豊かに変化する肉の棒を弄るのが大好きだった。

もちろん弄られるのも大好きで、特に括《くび》れの辺りと裏側の筋を強めに舐められるのがお気に入りだ。

小さく柔《やわ》らかな乳首を吸われて硬く尖らせられるのも、後孔の奥に指を挿入されて痼をこりこりと解されるのも、好きで好きでたまらない。

「う、ふ……ぅ、っ」

喉の奥にユンクのミルクを受けながら、クロウは膝の間にいるシュヒテンの口に快楽の証《あか》しを放った。

その瞬間《しゅんかん》をエルフ達は正確に捉《とら》えてくれるので、ミルクを放つ前に一際《ひときわ》強く乳首を吸ったり摘《つ》まんだり、肉孔を指で激しく突いてくれる。

簡単にミルクを出し過ぎだと笑われてしまうこともあるが、仕方がないのだ。

体中あちこちを触《さわ》られると本当に気持ちがよくて、我慢《がまん》なんてとてもできない。

「ん、あ……や、ぁ……」

ミルクをドクドクと放っていると、顔に突然《とつぜん》、生温かい飛沫《しぶき》が掛かる。

昼食時にはミルクを出さないはずのハッチーのペニスが、左手を打ってミルクを飛ばしてきたのだ。それはとても濃厚で、頬骨《ほおぼね》の上をとろとろと垂れていく。

指の間を抜《ぬ》けて顔に掛かった物を、クロウは躊躇《ためら》いなく舌で舐めた。

「おいハッチー、お前は夕食係だろ」

「クロウが最後にぎゅっと握るからだよ」

「おいおい、クロウのせいにするな。お前の我慢が足りないからだ」

「これで夕食係が二人になったぞ。夜中にクロウがお腹《なか》を空《す》かせたらどうするんだ」

小突《こづ》き合うエルフ達を前に、クロウは白く濡《ぬ》れた指を慌《あわ》ててしゃぶる。

一滴《いってき》も残さないよう舐め取ってから、「ハッチーを責めないでっ」と、他の六人に向かって哀願《あいがん》した。

「今日はとてもお腹が空いていたんだ……我慢できなかったのは僕の方。二人分のミルクでは足りなくて、ハッチーのペニスをわざと強く握ったの」

クロウが理由をつけてハッチーを庇《かば》い、「ごめんなさい、僕が悪いんだ」と謝ると、エルフ達は蕩《とろ》けるように相好を崩《くず》す。

そして声を合わせて歌いだし、『可愛《かわい》い可愛い、僕らのクロウ。森は僕らと君の物さ。君が笑えば、雪の下でも花が咲《さ》く』と、陽気に合唱しながら抱《だ》きついてくる。

「あ、もう……っ、苦しいよ。子供に戻《もど》って」

ブロンズ色の大きな体でもみくちゃにされながら、クロウは七人のエルフの愛情をたっぷりと身に受ける。

ハッチーのミルクが付着した顔をぺろぺろと舐められたり、二つの乳首とペニスの先を同時に吸われたり、足の指を舐め回されたり。ふわふわと舞い上がるような心地好さと、肩《かた》を竦《すく》めたくなるくすぐったさに微笑《ほほえ》んだ。

「さあ食事は終わりだ。もっと歌おう！」

「踊《おど》りもだ！　僕らは踊らないと始まらない！」

エルフ達は全員揃《そろ》って子供の姿に戻り、裸《はだか》のまま歌って踊ってクロウを称《たた》える。

彼らと同じ旋律《せんりつ》の春待ちの歌を歌ったクロウは、替え歌を正しいものへと導いた。

そうしている間にも、エルフのミルクに秘められた力がクロウの体を駆《か》け巡る。塔《とう》の床《ゆか》を埋《うず》めるように這《は》っていた長い黒髪《くろかみ》が、数本の黒いリボンの如く動きだし、散乱していた衣服を摘まんだ。

エルフが脱《ぬ》いだ子供用の服を、毛先を使って器用に広げ、小窓に向けてバサバサと振《ふ》ってから持ち主に届ける。

「さあどうぞ、服を着て。裸で過ごすにはまだ寒いでしょう？」

自由自在に蠢《うごめ》く魔法《まほう》の髪で、クロウはなんでもできた。

塔に絡《から》みつく蔓薔薇《つるばら》を摘んで部屋に飾《かざ》ることも、近くの小川から水を汲《く》むことも、大好物の林檎《りんご》を木から直接もぐことだってできる。

この森は閉《と》ざされていて人間が入ってくることはないが、もしも狩人《かりゅうど》が真下を通り掛《か》かったら、髪で引っ張り上げることもできるだろう。

人間一人よりも重そうな衣装箱を試《ため》しに引き上げたことがあったが、少し大変な程度で無理ではなかった。

茨《いばら》の外の世界の人々の生活について、古めかしい書物の知識ではなく、人の口から聞いてみたい。クロウが特に興味を持っているのは、甘いお菓子の作り方と、それを作る職人の工房《こうぼう》。パン屋にも興味がある。けれども何より知りたいのは、エルフ達が時々話してくれるこの国の王太子の話だった。

「ねえエルンスト、今日もカイル様の話を聞かせて。何か新しい出来事はない？」

七人全員の服の埃《ほこり》を払《はら》ったクロウは、絹のローブに袖《そで》を通す。

小窓のそばの椅子《いす》に座り、髪《かみ》の先で櫛《くし》を摘まんだ。

毛先の方から、髪自身に手入れをさせる。

「そういえば、春に予定されていたお妃選《きさき》びの舞踏《ぶとう》会が中止になったらしいよ」

「──え、お妃選び？」

驚《おどろ》くクロウに、毛皮の上に座った七人のエルフが同時に頷《うなず》く。

長さも形もそっくり同じ銀色の髪と、仄《ほの》かに発光する金色の瞳《ひとみ》の幼児の姿は、つい先程《さきほど》まで立派なペニスを昂《たかぶ》らせていた青年とは大違《おおちが》いに華奢《きゃしゃ》だ。

雰囲気《ふんいき》や表情には個性があるため、クロウはペンダントの色など見なくても彼らを見分けることができる。最も博識で落ち着きがあるのはエルンストなので、何かを訊《たず》ねる時はまず彼に声を掛けるようにしていた。

「国王陛下は王妃《おうひ》様を亡《な》くされて以来、国政にも民《たみ》にも関心がないからね。税金を上げることくらいしかしていない。このグリーンヴァリー王国の行く末を案じた王弟フィリップ・ラグナクリス大公は、カイル王太子に妻子を持たせることで民に希望を抱かせ、失われ掛けた王家への信頼《しんらい》や人気を回復させようとしているんだ。隙《すき》を見てどうにか国王を王座から引きずり下ろし、カイル王太子を次の王に即《つ》けるのが狙《ねら》いなんだよ」

「そもそも現国王のプリス様は婿養子《むこようし》で、グリーンヴァリー王家の血を引いていない。元々は隣国《りんごく》オーデンの第二王子だからね。オーデンは今でこそ同盟国だけど、一昔前までは敵だった国だ。その頃《ころ》の記憶《きおく》を持つ老人達は、今の怠惰《たいだ》な国王にうんざりしていて、グリーンヴァリー王家の血を引く正統な後継者《こうけいしゃ》であるカイル王太子に、早く王になってほしいと思ってるんだ。カイル王太子は人柄《ひとがら》がよくて評判だしね」

「ところが現国王が退位してくれない。今回の舞踏会も、『二十六歳のカイルに結婚《けっこん》はまだ早い』なんて言って、ちっとも早くないのに王が強引《ごういん》に中止させたんだって」

エルンストとベーゼとハッチーの言葉に、クロウは複雑な気持ちになる。

この国で一番美しく、すらりと背が高くて脚《あし》が長くて、蜂蜜《はちみつ》のように輝《かがや》く黄金色の髪と蒼玉《サファイ》石《ア》の瞳を持つ王太子カイル――彼はとても理知的で、心延《こころば》え美しく、小鳥が聴《き》き入るほど歌が上手で、ダンスを踊れば見る者の胸を躍《おど》らせると評判らしい。

白馬に跨《また》がって遠乗りに行くのが趣味《しゅみ》でありながらも、狩《か》りや釣《つ》りなどの殺生《せっしょう》は好まず、夜が更《ふ》けると早々に部屋に籠《こ》もり、夜遊び一つしないで勉学に励《はげ》むという。

華《はな》やかな絵姿からは想像もつかないほど、真面目《まじめ》な人物なのだ。

「カイル様ご自身は、どう思っておられるの？」

王太子が噂《うわさ》通りの人物なら、選ばれる妃は賢《かしこ》く優《やさ》しい女性だろう。

盛大な結婚式が開かれて、民は喜ぶ。そして子供が産まれれば、王家は安泰《あんたい》だ。

どう考えても祝福するべき話のはずだが、クロウの心は雪が降る寸前の空のように曇《くも》り、冷たくなっていた。

カイル王太子の話を聞くと楽しい気分になるのが常だったというのに……いったいどうしたことだろう。

「うーん、カイル様の気持ちはわからないけど……ただ、カイル様は早く王になりたがっているんだ。だから、そのためなら結婚でもなんでもしようと思ってたかもしれない。でも、あの人はそれが無理だってことを重々わかっているからね」

「無理？　どうして？　何が無理なの？」

王になることが無理なのか、それとも結婚することが無理なのか——非の打ち所がない王太子に不可能があるとは思えず、クロウは椅子から下りてエルンストに迫《せま》る。

しかしエルンストは他《ほか》の六人と顔を見合わせ、揃って首を横に振った。

ここから先は秘密で、何も訊《き》いてはいけないよという合図だったが、クロウはこの秘密を愉《たの》しめない。こうなのかしら、ああなのかしらと想像を巡《めぐ》らせようにも敵《かな》わず、何か考えようとすると胸の辺りがちくりと痛んだ。

「……少しの間、下の階に行ってきます」

エルフ達に背を向けたクロウは、窓から離《はな》れた位置にある階段を下りる。

塔の出入り口は最上階の小窓のみだが、内部の階層はいくつもあって、螺旋《らせん》階段が十階から一階まで続いていた。どの階にも拳大《こぶし》の通風孔《つうふうこう》が四方に開いているが、細い鉄を編んだ金網《かなあみ》が嵌《は》め込まれていて、外の景色はまったく見えない。

生活するのに最低限必要な風と光が、ほんの少し入る程度の物だった。

最上階の十階から八階に下りたクロウは、昼間でも薄暗《うすぐら》い部屋で蠟燭《ろうそく》に火を灯《とも》す。

八階には天蓋《てんがい》の付いたベッドが置いてあり、その横には、カイル王太子の肖像画《しょうぞうが》が飾られていた。

二十歳《はたち》の誕生日を祝して描《えが》かれた物だ。エルフ達は皆《みな》、「実物はもっと素敵《すてき》だよ」と言っていたが、絵姿でも十分魅力《みりょく》的に見える。

――もしもカイル様に、結婚したいのにできない事情がおありなら、それはとてもおつらいことなのに。僕はなんだか……舞踏会が中止になったことにほっとしている。人の不幸を喜ぶみたいで、そんなの絶対駄目《だめ》なのに……。

クロウは長い黒髪を床に這わせながら、限界まで絵に近づく。

エルフ達には言っていなかったが、肖像画の唇《くちびる》に毎晩必ずキスをしていた。

理由も教えられぬまま塔に閉じ込められているクロウにとって、夢想は欠かせない遊びだ。

これまで何度も、絵の中の美しい王太子と歌ったり踊ったりする夢を見た。

いつからか届けられるようになった絹の服や下着も、上質な革靴《かわぐつ》も毛皮も黄金の櫛も、実はカイル王太子からの贈《おく》り物で、あと何年かしたら彼が迎《むか》えにきてくれる。

美しい白馬に乗って現れ、「これからは共に暮らそう」と、囁《ささや》くように言いながら肩を抱いて、口づけをしてくれる。

自分は姫君《ひめぎみ》でも令嬢《れいじょう》でもなく、幼い頃は薄汚《うすよご》れてぼろぼろになった服を着ていたのだから、おそらく貧しい家の子供なのだろう。

それに何より、彼と同じ男だ。白馬の王子様が迎えにきてくれる夢なんて、見ても無駄《むだ》だとわかっていた。

わかったうえで、それでも甘い夢想を繰《く》り返さずにはいられなかったのだ。

エルフ達が塔を出て、家に帰ってしまったあとは淋《さび》しくて——。

胸に蔓延《はびこ》るもやもやとした曇りを晴らしたくても晴らせないクロウは、突如《とつじょ》上の階から髪を引っ張られる。同時に、エルフ達の甲高《かんだか》い声が聞こえてきた。

「……っ、どうしたの？」

髪の先は十階にあるものの、クロウ自身は八階にいた。

エルフ達が何を言っているのか明瞭《めいりょう》には聞こえない。

塔の中はどの階も天井《てんじょう》が高く、声が届き難《にく》いのだ。

「何かあったの!? 大丈夫《だいじょうぶ》!?」

蠟燭の火を消して階段を駆《か》け上がったクロウは、上に行けば行くほどはっきり聞こえてくる悲鳴に慄《おのの》く。

これまで一度として、彼らがこんな声を上げたことはなかった。

七人揃《そろ》った状態のエルフは見た目に反して強い魔力《まりょく》を持っており、森を巨大《きょだい》な茨の壁《かべ》で覆《おお》うことも、塔《とう》の壁を地面と同じように歩くこともできた。

老いて実をつけない林檎《りんご》の木を蘇《よみがえ》らせてくれたり、ミルクを通じて不思議な力を分けてくれたり、彼らはクロウにとって無敵かつ万能《ばんのう》の存在で、心の拠《よ》り所だったのだ。

「皆っ、大丈夫⁉」

クロウが最上階に戻《もど》ると、エルンストが叫《さけ》ぶ。

七人いたはずのエルフが、何故《なぜ》か四人しかいなかった。

代わりに銀粉を宙に撒《ま》いたかのようにキラキラと、銀色の光が舞《ま》っている。

床《ゆか》には三人分の服が不自然な形で落ちていて、その上にペンダントの石まで置いてあった。

全裸《ぜんら》になっても青年の姿になっても、絶対に外さないはずの石だ。

「エルンスト、何があったの？　これはどういう……」

「クロウ、僕らエルフの寿命《じゅみょう》は約二百年といわれてるんだ！」

「七つ子だから、消える時はほとんど一緒《いっしょ》さ。だから僕ももうすぐ消える！」

エルンストに続いて叫んだのは、いつもは小声で話すシュヒテンだった。

そして次の瞬間《しゅんかん》、彼の体が透《す》ける。

ブロンズ色の肌《はだ》がたちまち銀の粉をまぶしたように光り始め、そして音もなく突然《とつぜん》消えた。

ペンダントが衣服と共に床に落ち、カツーンと音を立てる。

「ま、待って……嫌《いや》だ！　なんでこんなに突然……っ、嘘《うそ》だと言って！」

「エルフの死はいつだって突然さ。可愛《かわい》いクロウ、どうか……泣かないでおくれ。僕らは君を託《たく》されて、最初は凄《すご》く面倒臭《めんどうくさ》いと思ったけれど、そんなの一瞬みたいに短い間のことだった。僕達は君に出会えて、凄く凄く幸せだったんだ」

残るエルフは三人——半分泣きながらも笑ってそう言ってくれたのは、いつだって御機嫌《ごきげん》なハイターだった。今もにこにこと笑いながら、銀の光になって消える。

「嘘だ……嫌だよ、待って！　ハイター……待って、待って！」

クロウは泣きながら膝《ひざ》をつき、ハイターの小さな体を抱《だ》き締《し》めようとした。

しかし摑《つか》めたのは服だけで、横ではミューデの体が消え始めている。

「クロウ、最期《さいご》だから約束を破って秘密を話すよ。君はこのグリーンヴァリー王国の第二王子なんだ。贈り物は全部、君の兄上のカイル王太子からだ」

「——え……っ、そんな……待って、もう誰《だれ》も消えないで！」

ミューデの肩《かた》を摑んで揺《ゆ》さぶるクロウだったが、確かに握《にぎ》った物が手の中をすり抜《ぬ》ける。

肉の感触《かんしょく》も骨の感触もなくなり、まるで拍手《はくしゅ》をするように自分の両手が空を切って近づいた。

飛《と》び交う銀の光の中で、クロウは最後の一人になったエルンストを見つめる。

彼のことも抱き締めたかったが、体が強張《こわば》って上手《うま》く動けず、ただ手を握り締めることしかできなかった。

「エルンスト……こんなの嫌だよ、突然過ぎる！　君だけでも残って！」

「ごめんよクロウ。時間がないから、大事なことを君に言うよ。これから先は、心から愛した人のミルクしか飲んじゃいけない。飲ませてもいけない。唇を合わせることも、肌を合わせることも、裸《はだか》を見せることも全部、一番好きな人とだけするんだよ。それ以外の人とは、絶対にしちゃいけない」

お願い……お願いだから消えないで……まだまだ知らないことがある。教えてほしいことがある。秘密を無理には訊かないから、もっといい子になるから、だからお願い……僕を置いていかないで――そんな願いを瞳《ひとみ》に込めても、時は無情にやってくる。

しっかりと握っていたはずの小さな手が消えて、拳は空を摑んだ。

銀色に輝《かがや》きながら透き通るエルンストの最期は、とても美しくて悲しい。

末っ子でありながらもしっかり者だった彼は、心配そうな顔で消えた。

他の六人と同様に銀の光になり、服と靴《くつ》と、ペンダントの石だけをクロウに遺《のこ》して消えてしまった。

「……嫌、待って……こんなのは嫌……っ、置いていかないで……！」

人間の死とは違《ちが》い、彼らの最期はこんなにも突然に、なんの兆候もなく訪《おとず》れるのが当たり前なのだろうか。ならば今すぐ、自分も消えたい。

八人目のエルフとなって、この体が光に変わってしまえばいいのに。

物心つく前から、いつも彼らがそばにいてくれた。

少し大きくなってからは一日三回、七人揃って塔を登ってきてくれた。

読み書きや歴史を教わり、絵の描き方も歌も踊《おど》りも教わって、皆で仲よく気持ちのよいことをしながら暮らしてきたのだ。独りでなんて生きていけない。

「——う、ぅ……ぅ……」

お願い……今すぐ全員戻ってきて。どうか僕を独りにしないで。これは魔法《まほう》による悪戯《いたずら》で、全部嘘だと……そう言って。振《ふ》り向いたら後ろに皆で並んでいて、騙《だま》された僕を見て、お腹《なか》を抱《かか》えて笑うんでしょう？　いつもの悪戯なんでしょう？

「……う、ぅ……」

背後に彼らの気配はない。前にも横にも、上にもない。

長い髪《かみ》を振り乱して慟哭《どうこく》したクロウは、怖《こわ》くて振り向くこともできなかった。

混乱の中で七着の衣服を掻《か》き集め、エルフ一人分ほどの手応《てごた》えになったそれを、力いっぱい抱き締める。

服にはまだ温《ぬく》もりが残っていて、今にも動きだしそうだった。

いつも陽気で明るく、優《やさ》しくて、歌と踊りが大好きだったエルフ達。

秘密ばかりのくせに、秘密の一歩手前にある真実をちらちら明かして……こちらがやきもきするのを愉《たの》しんだり、クロウが悲鳴を上げて飛び上がるような悪戯を仕込んだり、見た目通り子供っぽいところもあった彼らが、寿命を迎《むか》えるなんて早過ぎる。

たとえ二百年近く生きたのだとしても、彼らには早過ぎる。

「──っ、あ……」

泣きながら七粒《ななつぶ》の石のペンダントを拾っていると、足下《あしもと》から揺れを感じた。

どこか遠い所で、生木を裂《さ》くような音がしている。天高く轟《とどろ》く音だ。

エルフの服とペンダントを手にしたまま、クロウは窓に駆け寄った。

午後の光に照らされた黒い森には、明らかに異変が起きている。

「茨《いばら》の壁が……っ、枯《か》れていく」

広大な森を覆う巨大な壁の一部が変色し、ズズゥーンと音を立てながら崩《くず》れた。

森中の鳥達が驚《おどろ》いて飛び立つせいで、空が夕方のように暗くなる。

これまで堅牢《けんろう》な砦《とりで》の如《ごと》く森を守っていた茨が枯れたのは、茨に魔法を掛《か》けた七人のエルフがこの世を去ったせいだ。

呪《のろ》いや魔力は、その持ち主が死んでも持続するものだが、いつまで続くかは想《おも》いの度合いによって変わる。

死後数百年も消えない強固な呪いもあれば、死と共に消えてしまう小さな魔法もある。

茨の壁もすべてが消えたわけではない。

けれどもこうして一部が崩れただけで、森は姿を変えるだろう。

――出入り口ができたら、すぐに人間が入ってくる。狼《おおかみ》も、冬眠《とうみん》から覚めた熊《くま》も入ってくる。この森は長年ずっと不自然な環境《かんきょう》で、小動物や鳥達の楽園になっていたから……きっと狩人《かりゅうど》や大きな獣《けもの》がたくさんやって来る。

窓の外に顔を出すことすら恐《おそ》ろしくなったクロウは、その場に座り込んで震《ふる》えた。

エルフ達に守られていた先程《さきほど》までは、狩人の存在など怖くはなかった。もしも人間がこの森に来たら、魔法の髪を使って塔の上まで引っ張り上げ、外の世界の話を聞こうと思っていた。そういう日が来るのを楽しみにしていたのだ。

しかし今は怖い。この森に新たに入ってくるものすべてが怖い。

――茨の一部が枯れて……これから他《ほか》も徐々《じょじょ》に枯れていくかもしれない。たぶん、僕の髪に宿った魔力《まりょく》もそのうちなくなってしまう。髪で桶《おけ》を操《あやつ》って水を汲《く》むことも……林檎をもいだり胡桃《くるみ》を拾ったりすることもできなくなる。

クロウは今のところ自在に動く長い黒髪を使って、毛皮の敷物《しきもの》の上に転がっている七足の革《かわ》靴《ぐつ》を纏《まと》めた。

毛先でシュルシュルと巻き取ると、塔の壁際《かべぎわ》に並べる。

今はこうして魔法を使えるが、これはエルフのミルクを摂《と》ることによって得た借り物の力だ。

一生続くとは思えない。

髪の力を失えば、この塔《とう》で誰の助けもなく生きていくことはできないだろう。

——魔法を使えるうちに塔から下りて、エルフの家に行くべきなのかもしれない。早く移動しなきゃ……このままここにいたらいつか力を失って、飢《う》え死にしてしまう。ああ……でも、塔から出るのは怖い。

これまでの独りと、これからの独りはまるで違うのだと思うと、本当に怖くて涙《なみだ》が止まらなくなる。

クロウは啜《すす》り泣きながら、左腕《ひだりうで》に通した七つのペンダントを見つめた。

「皆《みんな》……戻《もど》ってきて……それが駄目《だめ》なら、僕も連れていって」

塔から出るよりも、いっそ今すぐ消えて、この孤独《こどく》と恐怖《きょうふ》から逃《のが》れたい。

仄《ほの》かに発光する七粒の石を掌《てのひら》に載《の》せたクロウは、石を涙で濡《ぬ》らした。

いくら祈《いの》っても一向に奇跡《きせき》が起きないことに絶望し、さらに泣く。

小さな石一つ一つに、「エルンスト……」「ベーゼ」「シュヒテン」と、順番に声を掛けた。

持ち主だったエルフの特徴的《とくちょう》な表情を思い浮《う》かべて、同じ姿形でも一人一人違っていた彼らを偲《しの》ぶ。

「お願い、もう一度……。もっと、もっといい子にするから」

クロウは今から何をすべきなのかわからずに、混乱の中で七着の服を畳《たた》み始める。

それが終わると、現実から逃げたいあまり螺旋《らせん》階段に吸い込まれた。寝室《しんしつ》のある八階に行って、早くベッドに横になりたい。眠《ねむ》ることで思考を断《た》ち切り、何もかも忘れ、これからのことを考えるのもやめて、死ぬまでずっと幸せな夢を見ていたい。

ふらつきながらも急いで八階に下《に》りたクロウは、寝室にあった蠟燭《ろうそく》に火を灯《とも》した。日中でも薄暗《うすぐら》い室内が明るくなり、カイル王太子の肖像画《しょうぞうが》が見えてくる。

「カイル様……」

その名を口にした瞬間《しゅんかん》、クロウの脳裏《のうり》にミューデの最期《さいご》の言葉が過《よ》ぎった。

左腕《かし》に掛けたペンダントをもう一度見つめたクロウは、ミューデが残した石を撫《な》でながら首を傾げる。

ミューデは、消える寸前に信じられないようなことを言い残したのだ。「君はこのグリーンヴァリー王国の第二王子なんだ」と、確かにそう言った。そして、「贈《おく》り物は全部、君の兄上のカイル王太子からだ」とも言っていた。

──僕が……第二王子？　カイル様の弟？

クロウは夢にも見なかった話に、いまさら驚いて戸惑《とまど》う。

落ち着いて考えれば喜ばしい話で、自分に残された唯一《ゆいいつ》の希望なのかもしれないが……今はそんな気分になれなかった。

それに、兄弟だと言われても少しも実感が湧《わ》かない。

肖像画の中のカイルは、波打つ黄金色の髪と鮮《あざ》やかな蒼玉石《サファイア》の瞳《ひとみ》、血色のよい肌《はだ》の持ち主だ。そして背が高く男らしい体つきだと聞いている。

対して自分は、真っ直《す》ぐな黒髪に黒い瞳、雪のように白い肌を持ち、体はいつまで経《た》っても細く、子供のように頼《たよ》りない。

――こんなに似ていない兄弟なんて、あり得るんだろうか？

クロウにとって身近な兄弟と言えば、七人のエルフ達だった。

あれほどそっくりな兄弟など人間には稀《まれ》だとわかっているが、それにしてもカイルと自分は違《ちが》い過ぎる。

――カイル様……。

兄だと言われたあとに見ても、カイル王太子の魅力《みりょく》は何も変わらなかった。

優しく微笑《ほほえ》み掛けてくれる彼に憧《あこが》れ、「いつか君を迎えにいくよ」という、ときめく台詞《せりふ》を向けられる瞬間を何度夢想しただろう。

――僕の夢は、本物になる？　カイル様、貴方《あなた》は本当に僕のお兄様なの？　僕はどうしたらいいんですか？　自分で塔を出て……お城に行ってお兄様に会うべきなのか……茨の壁《かべ》が崩れ始めた今、お兄様が迎えにきてくれるのを待つべきなのか……。いったいどうしたらいいのかわかりません。

育ての親のエルフを突然《とつぜん》失った絶望と、憧れていた王太子が兄であるという希望。あまりにも大きな出来事に心乱されたクロウは、覚束《おぼつか》ない足取りでベッドに向かう。

自力で立っていることすらできなくなり、絹に覆《おお》われたマットに腰《こし》掛けた。

そこから肖像画を見つめると、カイル王太子の微笑を通して、まだ見たことのないグリーンヴァリー国王の姿や、亡き王妃《おうひ》の姿まで浮かんでくる。

国王はカイルと違って黒髪《くろかみ》なのだろうか？

それともすでに亡《な》くなった王妃の髪が黒かったのだろうか――そう考えたところで、ふっと答えが降りてきた。

自分は母親似のはずだ。

七人のエルフから、「クロウは僕達のお姫様《ひめさま》に瓜二《うりふた》つだよ。彼女は僕達のミルクを時々飲んでいたから、魔法《まほう》の力でいつまでも若かったんだ」と、聞かされたことがある。

エルフ達に「お姫様」と呼ばれていた亡き母が、まさかこの国の王妃や王女だったとは思いもしなかったが、自分が第二王子なら……亡き王妃は黒髪と黒い瞳、そして白い肌を持っていたはずだ。

――本当に、兄弟なんだ。似てないけれど、でも僕は……カイル様の弟であり、国王陛下と王妃様の息子《むすこ》……。

心臓がどくんと鳴って、胸が弾《はず》み掛ける。

母親が亡くなっていることだけは知っていたが、父親や兄弟の存在については教えてもらえなかったのだ。

怠惰《たいだ》と言われているとはいえ、一国の王が父親で、憧れの王太子が兄だと言われたら、どうしたって嬉《うれ》しくなる。

――エルフ達は最期に……僕に秘密を打ち明けてくれた。これからも僕が生きていくことを前提として……人生最後の言葉を僕のために使ってくれた。僕はエルフ達の手で大事に育ててもらったことを胸に刻んで、これからもちゃんと生きていかなきゃいけないんだ。

クロウは彼らが与《あた》えてくれた希望を素直《すなお》に受け取り、顔を上げる。

左胸をローブの上から押さえつけ、自分の胸に誓《ちか》った。

まずはきちんと区切りをつけるために葬儀《そうぎ》を行いたかったが、それは難しいので、せめて喪《も》服《ふく》に袖《そで》を通し、気持ちだけでも彼らを送ろうと決める。

「喪服を……黒い服を着よう。これまでの日々に、お別れを……」

どうにか力を振《ふ》り絞《しぼ》ったクロウは、衣装箱の中から黒い長衣を取りだした。

カイル王太子からの贈り物だという衣服は、明るく綺麗《きれい》な色の服が多く、特に赤が多かったが、何枚かは黒や灰色の物もある。

着替《きが》えて姿見の前に立つと、天鵞絨《ビロード》の黒衣を着た長い黒髪の少年の姿が映った。

左腕に七つのペンダントを絡《から》めていて、色の違う石が蠟燭の灯りと共に光を放っている。

まるで幼い魔女《まじょ》のようだと、自分で思った。

ここは八階だが、髪の先は今も十階にある。

その気になれば毛先で開けっ放しの小窓の扉《とびら》を閉じ、階段をするすると蛇《へび》のように這《は》わせることもできるのだ。

――久しぶりに会う弟が魔女みたいな恰好《かっこう》をしていたら、不吉《ふきつ》に感じて嫌《いや》な気分になられるかもしれない。今夜だけは皆との別れを惜《お》しんで、気持ちを整理して、お兄様に会う時は明るい色の服を着よう。塔から下りたら魔法を使えなくても平気だし、髪を切って人間らしい長さにして……普通《ふつう》に、ちゃんと元気に生きていこう。

クロウは左腕にある石を見つめながら、エルフ達の力を感じる。

彼らは消えてしまったが、しかし本当にすべてを失ったわけではない。

髪には彼らがくれた魔力が宿っていて、石からはそれ以上に強い力を感じる。

事実こうして、闇《やみ》を照らすように光っているのだ。

そして何より、自分には頼りになる兄がいる。

今日は塔を出る準備をして、明日の朝にでもここを出発しよう。

地に足をつけて生きていくために、茨《いばら》の壁の外にある城を目指して進むのだ。

3

淋《さび》しくて泣いたり、肖像画を見て元気を振り絞ったり、大波の上を漂《ただよ》うように心を揺《ゆ》らしたクロウは、旅の準備をしているうちに眠ってしまった。

しかし眠りは浅く、七人のエルフとカイル王太子が最上階で歓談《かんだん》している夢を見て、笑いながら目を覚まし……ただの夢だったと気づいては号泣《ごうきゅう》する。

瞼《まぶた》が腫《は》れて酷《ひど》い顔になってしまったが、顔を見せる相手も、心配してくれる相手もいないのだ。心にぽっかりと穴が開いたようで、クロウはエルフ達の温《ぬく》もりを求めて最上階に向かった。

ペンダントの石だけではなく、彼らの服も寝室に持ってこようと考えての行動だった。

「――ッ」

高く太い塔《とう》の内壁《ないへき》に張り巡《めぐ》らされた螺旋階段を上がっていくと、どこからともなく獣《けもの》の遠吠《とおぼ》えが聞こえてくる。これまでに一度も聞いたことがない……明らかに大きく獰猛《どうもう》な獣の声だった。エルフ達が身振《みぶ》り手振りを添《そ》えて真似《まね》をしていた狼《おおかみ》や熊《くま》の鳴き声に似ているが、比べようもないほど恐《おそ》ろしく響《ひび》く。

それも一頭や二頭ではない。種類も様々かもしれなかった。

クロウは恐る恐る最上階に上がると、閉じておいた小窓の扉を開ける。

狼も熊も塔を登ることはできないので、ここにいる限りは安全だと思った。

「……っ、え？　まさか、そんな……」

外開きの窓から下を覗《のぞ》いたクロウの目に飛び込んできたのは、今まさに塔を登ってくる一頭の獣だった。

鋭《するど》い爪《つめ》を石の継《つ》ぎ目にガッと差し込み、棘《とげ》だらけの蔓薔薇《つるばら》を物ともせずに迫《せま》ってくる。

「――た、大変……っ、あぁ……！」

クロウは恐怖《きょうふ》のあまり悲鳴を上げ、扉を閉めて窓から離《はな》れた。

ところが荒々《あらあら》しく閉め過ぎて、扉は跳《は》ね返って再び開いてしまう。

ああ、どうしよう……急いでもう一度閉めに行かなければ――と焦《あせ》ったクロウは、髪の力を使うことを忘れ、手《て》膝這《ひざば》いで小窓に近づいた。

身を低くして片手を伸《の》ばし、外側で揺れている扉の把手《とって》に触《ふ》れる。

そうしている間にも、森のあちこちで獣が吠えているのがわかった。窓から外を覗く勇気は完全に失《う》せてしまったが、脳裏《のうり》には先程《さきほど》目にした獣の姿が浮《う》かび上がる。

全身を黒い毛に覆われた、とても大きな獣だった。

赤い瞳をぎらつかせ、長い舌を伸ばしてハァハァと息をしていたように思う。

一瞬《いっしゅん》だったにもかかわらず、あまりにも鮮烈《せんれつ》な記憶《きおく》として残った。

吐《は》いていた息の白さまで、瞼に焼きついて離れない。

「……まさか、あんな高い所まで登ってこられるなんて……」

獣がいた位置は、塔の半分よりも上だった。地上からは相当な距離《きょり》がある。床《ゆか》に膝をついたまま指先で把手を引いたクロウは、髪《かみ》の力を使えることを思いだし、まだ八階にあった毛先を魔法の力で引き寄せた。

獣が大地を走る速度に負けないほど速く動かして、毛先を使って錠《じょう》を下ろす。簡単な打掛錠《うちかけじょう》なので心許《こころもと》ないが、それでも金属の重たい音に人心地《ひとごこち》がついた。

──半分と、少しくらいの所まで来てた。もっと上がってくるかもしれないけど、でも窓の下には鉄板が張ってあるし、爪を差し込む隙間《すきま》はなかったはず……。

打掛錠だけでは心配だったクロウは、毛束を平らにして扉に押しつけ、獣の襲撃《しゅうげき》に備えた。もしあのように大きな獣が窓の外まで来てしまったら、小さな錠も木の扉も簡単に壊《こわ》されてしまうだろう。

しかし髪だけは別だ。

クロウの腕力《わんりょく》とは異なる力を秘《ひ》めたこの髪なら、あの獣を撃退《げきたい》できるかもしれない。

──大丈夫《だいじょうぶ》……落ち着いてよく考えて。石の継ぎ目があるのは途中《とちゅう》までで……塔の上の方は鉄板で装飾《そうしょく》されているし、継ぎ目はほとんどなく、あっても凄《すご》く細いはず。獣はここまで登れない。もし登れたとしても……僕には髪の力がある。皆《みんな》がくれたこの力で、どんな獣が来ても戦うから……大丈夫……絶対に大丈夫！

クロウは九階に繋《つな》がる螺旋《らせん》階段まで身を引いて、がたがたと震《ふる》える。

髪にのみ力を入れ、扉を内側から完全に塞《ふさ》いで息を詰《つ》めた。

するとほどなくして、ギギィ……ギギギィ……と、耳に痛い音がする。

思わず両耳を塞ぎたくなる不快な音だったが、状況《じょうきょう》がわからなくなるのは怖《こわ》いので、むしろ耳を澄《す》ませる覚悟《かくご》で耐《た》えた。

頭が痛くなりそうだったが、外がどういう状況かを考えると嬉しくなる。

――獣が鉄板を引っ掻《か》く音だ。爪を差し込む所がなくて……引っ掻くばかりで少しも登れていないみたい。やっぱりここまで登るのは無理なんだ！

クロウは縮こまりながらも笑顔《えがお》になり、左手首の石に目を向ける。

七つのペンダントに繋がれていた石は、一つのブレスレットにしてあった。

元の持ち主に話し掛《か》けるつもりで、「大丈夫みたいだよ」と、明るく報告する。

しかし愁眉《しゅうび》を開いたのも束《つか》の間。一際《ひときわ》激しい咆哮《ほうこう》が聞こえ、すぐに衝撃《しょうげき》音が続く。

あの大きな獣が落下し、地面に打ちつけられたのがわかった。

真下は一年中枯《か》れない蔓薔薇でいっぱいだというのに、獣はそこに落ちたのだ。

身の安全が保たれたにもかかわらず、クロウの胸は酷く痛む。

巨大《きょだい》な肉食獣《にくしょくじゅう》は恐ろしい敵だが、彼らが血肉を求めるのは本能だ。

神の御手《みて》で最初からそのように作られただけで、罪を犯《おか》しているわけではない。

――大丈夫……かな……。

クロウは扉に張りつけていた髪の力を抜《ぬ》き、再び小窓に近づいた。

塔の上部の装飾部分まで来たのなら、落下の衝撃は相当なものと思われる。

もう二度と登ってきてほしくはないが、しかし獣が死んでしまうのは嫌だった。

あの大きな体では、兎《うさぎ》や狐《きつね》を食べても物足りないことだろう。

この塔に、食い出のある生き物がいると察したのか、においを嗅《か》ぎつけたのか……いずれにしても器用に塔を登るなんて、さぞかし知恵《ちえ》と勇気がある獣に違《ちが》いない。

――すぐに治るくらい、ほんの少し痛い目に遭《あ》って……懲《こ》りてもう二度と来ないでくれるといいんだけど……。

クロウは獣の無事を願いつつ、扉を開けて小窓から顔を出す。

暗くてよく見えなかったが、遥《はる》か下の地上では獣が立ち上がろうとしていた。

クロウは心の中で、「死なずに済んでよかったね」と、声を掛ける。

この塔を登るのを諦《あきら》め、早々に去ってくれるという前提で獣の無事を喜んだ。

どんな生き物であれ、目の前で死なれるのはつらいものだ。

「――っ、え……あ……！」

獣が完全に立ち上がったところを見て胸《むね》を撫《な》で下ろしたクロウだったが、次に見た光景は目を疑うものだった。

負傷した獣は身を振《ふ》るって血らしき物を払《はら》うと、すぐさま塔を登り始めたのだ。

動物は人間以上に危険を記憶し、痛い目に遭うと懲りるものだと聞いていたが……この獣はまるで懲りない様子で塔を登ってくる。

やはり石の継ぎ目に爪を差し込み、少しずつだが確実に登っていた。

——どうしよう……どうして懲りてくれないの？　そんな無茶《むちゃ》をしても僕を食べることはできないよ。やっぱり上部の鉄板には継ぎ目がほとんどないもの……同じ所でまた落ちて、今度こそ死んでしまうかもしれない。

クロウは恐怖を抱《かか》えながらも身を乗りだし、装飾と、強度を補《おぎな》うために張られている鉄板の位置を確認《かくにん》した。小窓の下から測ると、おそらくクロウの身長の倍はある。

あの獣が魔法《まほう》でも使えない限り、どう考えてもここまで来るのは不可能だ。

「……や、やめて……危ないから！」

怪我《けが》をしているせいか、獣が石の壁《かべ》を登り切るにはだいぶ時間が掛かった。

何度か自重を支え切れずに落ち掛けては這《は》い上がり、ようやく元の位置まで来ると、鉄板に前脚《まえあし》の爪を立てる。

「う、ぁ……っ」

近くで聞くには非常につらい、頭が割れそうな音が立った。

ギギギギギィ……と、耳の奥にこびりつく音だ。

獣《けもの》は慎重《しんちょう》に爪を立てる場所を選んでいるようだったが、しかし結果は変わらない。

クロウが悲鳴を上げる隙《すき》もなく、大きな体は地面に向かって落下した。

ただし今度は石の壁に爪を立てたまま落ちたので、途中で止まる。

ほっとしたクロウに向かって、獣は性懲《しょうこ》りもなく登ってきて……そしてまた鉄板に爪を立てては落ち、また登る。

それを何度もしつこく繰《く》り返し、時には地面に叩《たた》きつけられることも、宙で回転して四足で上手《うま》く着地することもあった。

「もうすぐ夜明けだよ……もう、いい加減に諦めて」

獣を説得したり案じたりすることに疲《つか》れ切ったクロウは、東の空の果てがわずかに白み始めたのを見て、塔《とう》を登り続ける獣に声を掛ける。

巨大な狼《おおかみ》のようで、それでいて狼とは違う生き物にも見える真っ黒な獣は、言葉を理解しているとも思えないのに、突然《とつぜん》東の空を見た。相変わらずハァハァと息を吐きながら、自らの意思で地上に向かって下りていく。

――やっと終わった……。

眠《ねむ》らずに何時間も小窓から身を乗りだしていたクロウは、ぐったりと座り込む。

エルフが消えた午後から今まで、気が休まる時がなく……心身共に疲弊《ひへい》し切っていた。

黒い長衣一枚だったので体が冷えてしまい、今になって寒さを痛切《つうせつ》に感じる。

「……もう来ちゃ駄目《だめ》だよ！　僕を食べるのは諦めてね！」

途中から飛び下りた獣に向かって、クロウは声を限りに叫《さけ》んだ。

闇《やみ》の中でこちらを見上げた獣は、赤い瞳《ひとみ》をぎらつかせながら首を横に振る。

まるで、「嫌《いや》だ、俺は諦めないぞ！　お前を必ず食ってやる！」と宣言するかのような仕草を見せ、目にも留まらぬ速さで森の中に消えていった。


そして次の晩も、その次の晩も、さらに次の晩も、獣は同じことを繰り返した。

登り方を見る限りでは知恵がありそうだったが、とてもそうとは思えない行動だ。

塔を出て城に向かうつもりでいたクロウは、風邪《かぜ》を引いてすっかり参ってしまい、二日目と三日目の晩は八階にあるベッドから起き上がることすらできなかった。

幸いにして、塔の近くの林檎《りんご》の木に実がたくさん生《な》っていたので、日中に髪で林檎をもいでおき、昼も夜もそれを食べて過ごした。

四日目には回復したものの、当初の予定通り塔を出ることは敵《かな》わなくなる。

黒い獣が現れるのは夜だけだったが、日中には彼の三分の一ほどの大きさの狼や、彼と同じくらい大きな熊《くま》が現れたのだ。

他《ほか》の獣は塔を登ってきたりはしないが、ここから出て森を歩いたらどうなるかは、火を見るより明らかだった。

森の様子はすっかり変わり、ここ数日、兎や狐の姿を見ていない。

臥《ふ》せっている間は獣が来ていることを耳で感じていたクロウは、四日目の晩に再び窓の前に立った。

今度は毛皮のケープで全身を包み込み、暖炉《だんろ》に火を入れて最上階を暖めながら獣の動向を見守る。

そんなことを毎晩続けていると、獣が見知らぬ恐《おそ》ろしい存在ではなくなっていき、むしろ彼が来るのを待ってしまったり、いつもより来るのが遅《おそ》いと心配になったり、懸命《けんめい》に塔を登る姿を見て応援《おうえん》したり……遂《つい》には名前までつけてしまった。

彼が目的を達成したら自分は食われるのに、それでも構わないと思うようになったのだ。

熱を出して寝込《ねこ》んでいる間に独りの淋《さび》しさを思い知ったクロウの心は、枯れた茨《いばら》の壁の如《ごと》くくたびれて、ぽっきりと折れ掛《か》けていた。

「――ビースト……そんなに僕を食べたいなら、手伝ってあげるよ」

十日目の晩、クロウはとうとう小窓から髪を下ろした。

死のうという明確な決意があるわけではなく、ただ疲れてしまったのだ。

後先を深く考えることをやめて、ビーストの望みを叶《かな》えてあげたい気持ちに従う。

石の壁を登って鉄板部分に爪《つめ》を立てようとしていたビーストの体に、魔力に満ちた長い髪を巻きつけた。幅広《はばひろ》く全体に力を掛けて、慎重に引っ張り上げる。

そうして彼の重さを感じると、これでいいのだろうかと迷った。

しかし本当に淋しくて、胸が潰《つぶ》れそうな日々を続けるのがつらい。

塔を出て森を歩くのは死ぬのと同じだ。どう考えても城に行くことはできない。

頼《たよ》りになるのはカイル王太子だけだったが、いつ迎《むか》えにきてくれるのかはまったくわからなかった。

王子の自分が赤子の頃《ころ》からここに閉じ込められたのには、余程の事情があったはずで……兄と自分の間には、茨の壁よりも高い障壁《しょうへき》が立ちはだかっているのかもしれない。

——病気になっても、「大丈夫《だいじょうぶ》？」って、気に掛けてくれる人もいない。こんなに淋しいなら、そして君がそんなに僕を食べたいなら……いっそのこと君に食べられて、君の血や肉となって生きていきたいよ。君の一部になれば僕はもう独りじゃないし、君と一緒《いっしょ》に、野山を駆《か》け回ることもできる……。

クロウは髪《かみ》に力を籠《こ》め、重たいビーストを小窓から迎え入れた。

長い黒髪とビーストの体の線が、窓の形の夜空を塗《ぬ》り潰す。

今夜は月が綺麗《きれい》だ。

暖炉の火に照らされた室内よりも、紺《こん》と銀色の空の方が明るく感じられる。

「こんばんはビースト……窓を通るのもやっとだね」

最上階の床《ゆか》に四本の脚《あし》で着地したビーストの体から、クロウは髪を引いた。自由になった彼は赤い瞳を爛々《らんらん》と光らせ、グゥゥ――ッと唸《うな》る。

ビーストの顔つきは狼に近いが、狼ほど細くはなく、熊とも違《ちが》った。

体つきも狼と比べるとがっちりとしていて太いが、熊のように全身が丸いわけではない。

胸回りが特に発達し、そのわりに腹部は引き締《し》まっていて、前肢《ぜんし》と後肢が非常に長かった。

ハァ、ハァ……と息を吐《は》くたびに真っ赤な舌から涎《よだれ》を滴《したた》らせ、大きな口の中にある白い牙《きば》を光らせる。

「……ま、待って……服を、脱《ぬ》ぐから」

ビーストに食べられることを覚悟《かくご》しながらも、クロウはカイル王太子からの贈《おく》り物である、純白のケープを脱いだ。

留め具に王太子の瞳と同じ色の宝石をあしらった見事な品だったので、ビーストの牙で引き裂《さ》かれたり、自分の血で汚《よご》したりしてはいけないと思ったのだ。

ケープの下には黒い長衣を着ていたが、それも下着も全部脱いで長椅子《ながいす》に掛ける。

七粒《つぶ》の石のブレスレット以外は一糸纏《いっしまと》わぬ姿になったクロウは、唸りながら唾液《だえき》を垂らすビーストに自ら近づいていった。

「僕を食べるなら、このブレスレットも一緒に呑《の》み込んで……君の力に変えて。そうやって、皆《みんな》で一緒に生きよう」

カイル王太子にも父王にも会えないまま死ぬのかと思うと、淋しさに負けた自分が情けなくて……この選択《せんたく》が悔《く》やまれた。

しかしいまさら後悔《こうかい》しても遅く、髪を駆使《くし》してビーストと戦う気にはなれない。

この十日間の孤独《こどく》を埋《う》めてくれた彼に対して、情が移ってしまったのだ。

「僕の名前はクロウ。小さくて物足りないかもしれないけど、君の命の糧《かて》になって、君の中で生きていくよ。どうか色々な所に行って……面白《おもしろ》い物を、たくさん見せて」

お城の近くにも行って……と頼《たの》もうかと思ったクロウは、しかしそれではカイルの身が危険だと思い、口にせずに胸に留《とど》める。

ビーストは小窓の前に立ったまま、牙を剥《む》いて唸り続けていた。

飛び掛かってはこないが、クロウを襲《おそ》おうとしているのは明らかだ。

鋭《するど》い牙で皮膚《ひふ》や肉を裂かれたら痛いだろうと思いながらも、クロウはあえて左手を差しだし、七粒の石ごと腕《うで》を食べさせようとする。

常に七人で共に行動していたエルフの遺《のこ》した石は、七つ一緒でなければいけないと感じていたからだ。床に散らばってばらばらになってしまうことがないよう、確実にビーストの口に入れてしまいたかった。

「僕の左手をブレスレットごと食べたら……そのまますぐに僕の喉《のど》を咬《か》み切って。あまり痛くないように……お願いします」

ビーストの鼻に手首を近づけると、心臓が破裂《はれつ》しそうになる。

腕を咬み千切られたら、きっと大出血して物凄《ものすご》く痛いだろう。のた打ち回って暴れたり逃《に》げたりしてしまい、上手《うま》く喉を咬み切ってもらえず、体のあちこちを咬まれてますます痛い目に遭《あ》うかもしれない。

いっそのこと石だけをビーストの口に放《ほう》り込み、それから喉笛《のどぶえ》を晒《さら》せばよかった。

「グウゥ……ッ、ウウゥゥ――ッ！」

目を閉じて痛みを覚悟していたクロウの耳に、突如《とつじょ》悲痛な声が届く。

悲鳴を上げるのは自分だとばかり思っていたのに、ビーストはブレスレットに顔を近づけたまま苦しみだした。今もわずかに発光しているエルフの石が作用したのか、急に身を低くして床の上に伏《ふ》せ、痛みをこらえるように呻《うめ》き続ける。

「……ど、どうしたの？　大丈夫？」

クロウはわけがわからずに狼狽《うろた》え、躊躇《ためら》いつつもビーストの体に触《ふ》れた。

見た目よりは滑《なめ》らかな毛で覆《おお》われた体は小刻みに痙攣《けいれん》していて、とても苦しそうに見える。

まるで毒でも飲まされたかのようだ。

クロウはビーストの身が心配になると同時に、自分が彼に酷《ひど》い仕打ちをしたのではないかと甚《はなは》だ焦《あせ》る。

そんなつもりはなかったのに、騙《だま》し討《う》ちする形になるのは絶対に嫌だった。

食べられて彼の一部になる以上、憎《にく》まれたくない。

ビーストにとっては単なる食事であり、自分にとっては死でしかなくても、本質は互《たが》いを受け入れ合って融合《ゆうごう》するような関係でありたい。

「――ビースト……⁉」

黒い被毛《ひもう》を撫《な》でながら「大丈夫⁉」と何度も声を掛けていたクロウは、指が感じた異状に、びくっと手を引く。

触れていた毛の大半が消えて、獣《けもの》だった体が人間の体へと変化したのだ。

特に頭部の変化は著《いちじる》しく、長く突《つ》きだしていた顔が縮み、頭全体が丸くなる。

先の尖《とが》った牙は消えて、人間らしい唇《くちびる》の向こうに整った歯列が見えた。

「ビースト……ッ、君は……」

目を疑うばかりの現象に呆然《ぼうぜん》と立ち尽《つ》くすクロウの前で、ビーストは非常に毛深い大男になる。床に膝《ひざ》をついた状態でも大きいと感じるのだから、彼が立ち上がったらどれほど威圧《いあつ》的に見えることだろう。

「……どうして、どうして人間に……っ、君はいったい……」

クロウは彼に「人間」と言ったが、しかし人の形になっても彼の瞳《ひとみ》は赤く、奇妙《きみよう》にぎらぎらと光っていた。どう見ても普通《ふつう》の人間ではない。

無造作に伸《の》びたビーストの黒髪は、背中の中心まで馬の鬣《たてがみ》のように繋《つな》がっていて、顔も黒々

とした髭《ひげ》に覆われていた。

胸にも腕にも脇《わき》にも、太腿《ふともも》にも脛《すね》にも、さらには手の甲《こう》や指にまで黒い毛が生えている。

獣ではないが、かといって人間でもない生き物だ。

「ビースト、大丈夫？　まだ苦しいの？」

「ウ、ウゥ……グウゥ――ッ！」

「あ、や……あぁ……！」

一度は手を離《はな》したビーストの体に再び触れようとしたクロウは、立ち上がった彼に組み敷《し》かれる。はっと気づいた時には天井《てんじょう》を見ており、舌なめずりする顔が目の前にあった。

完全な獣だった時とは違うが、しかし目つきは変わっていない。

「う、ん……う、ぐ……」

ビーストの顔が迫《せま》ってきて、いきなり唇を重ねられた。

咬みつかれて顔から食べられてしまうのかと恐怖《きょうふ》したが、どうやら接吻《せっぷん》のようだ。

ビーストの髭が顔のあちこちに当たって鬱陶《うっとう》しく、所によりちくちくと痛い。

接吻の経験はこれまでになく、口づける相手は肖像画《しょうぞうが》のカイルだけだったのに……獣じみた毛むくじゃらの男に奪《うば》われるなんて、悪い夢でも見ているようだ。

「い……や、ぁ……やめて……！」

床に敷いた毛皮の上で暴れられるだけ暴れたクロウは、「嫌《いや》！」と何度も繰《く》り返して抵抗《ていこう》する。

けれどもビーストの力は凄《すさ》まじく、唇や舌を食い千切らんばかりに強引《ごういん》な口づけをされた。最早《もはや》、叫《さけ》ぶどころか呼吸すらも儘《まま》ならない。

——嫌……触らないで、お願い……っ、やめて！

全裸《ぜんら》だったクロウの体は、ビーストの手で弄《まさぐ》られる。

彼とは大違《おおちが》いに無毛の幼げな股間《こかん》を撫で回され、胸には胸毛をこすりつけられた。

最初は柔《やわ》らかかった薄桃色《うすももいろ》の乳首《ちくび》が、黒い剛毛《ごうもう》による刺激《しげき》で変化する。

たちまち赤く腫《は》れ上がったそれは、硬《かた》い痼《しこり》に変わっていった。

「う、ふ……う、ん……っ」

「——ッ、ハ……ァ……ハ……ッ！」

獣の時と大して変わらない息をつきながら、ビーストはクロウの唾液を啜《すす》る。

舌を舐《ねぶ》ったり、唇を上下揃《そろ》えてジュルッときつく吸い込んだり、荒《あら》っぽい接吻を繰り返した。時にそれは長く続き、クロウは息苦しくて顔を真っ赤にして暴れ、両手両足をじたばたと動かす。

「は……ぁ、は……ふあ……！」

呼吸がしたくて無意識にビーストの腕を引っ掻《か》いたクロウは、唇が離れた瞬間《しゅんかん》に、可能な限り空気を吸い込む。ゼィゼィハァハァと、大きな喘鳴《ぜんめい》が頭に響《ひび》いた。

「や、嫌……もう、やめて……！」

クロウが呼吸に夢中になっているうちに、ビーストは足の方へと下がっていく。

強引に膝を開かれたクロウは、恐怖と嫌悪《けんお》で縮こまった性器をしゃぶられた。

エルフ達とミルクを分け合ってきたので、行為《こうい》自体は慣れたものだったが、しかし快楽など得られない。彼らと一日三回必ずしていた気持ちのよい行為とは程遠《ほどとお》く、ただただ怖《こわ》いばかりだった。

禍々《まがまが》しく光る赤い瞳や、獣染《じ》みた息遣《いきづか》いが恐《おそ》ろしい。

今にも性器を咬み千切られて、ぺろりと食べられてしまいそうだ。

「嫌……お願い、咬まないで……っ」

怖くて怖くて、クロウは泣きながら訴《うった》えた。

咬まれはしないが、容赦《ようしゃ》なくしゃぶり尽くされる。

彼の口にクロウのそれは小さく、ジュッと音を立てて喉の奥まで吸い上げられた。

根元が引き攣《つ》って痛むくらいの勢いだ。

さらに口内で舌を這《は》わされ、過敏《かびん》な裏筋を舐《な》められる。

「ふ、ぁ……あ……」

そんなに強く吸わないで——そう要求する隙《すき》はなかったが、舌で愛撫《あいぶ》されるうちに、徐々《じょじょ》に快楽を得られるようになった。彼はもう獣ではないので、人の肉を食い千切るよりも、濃《こ》いミルクを搾《しぼ》り取りたいのだろうか。

「んっ……あぁ……！」

膝裏を摑《つか》まれて腰《こし》を浮《う》かされたクロウは、後孔《こうこう》の表面を指で撫でられる。

ミルクを出せば許してもらえるのかと思うと、早く出してしまいたかった。

しかし恐怖と綯《な》い交ぜの快楽は絶頂まで届かず、焦ると余計に何も出せない。

――エルンストが……こういうこと、一番好きな人としかしちゃいけないって、最期《さいご》に言ってた。心から愛した人のミルクしか飲んじゃいけないし、飲ませてもいけないって言われたのを、ちゃんと憶《おぼ》えてるけど……でも怖くて無理だよ。早く出さなきゃ、ずっと嫌なことをされてしまう……ミルクを飲ませれば離れてくれるかもしれないと思うと……。

ジュプジュプと荒っぽく性器を吸われながら、クロウは目を閉じてビーストの姿を忘れようとする。

これまでエルフとしてきたことと同じだと考え、青年になった彼らの姿に置き換《か》えた。

ビーストに食べられて、その血肉の一部になって生きるという考えは完全に消えて、悪夢のような時間が早く終わることだけを願う。

ミルクを飲んで満足したら、すぐに塔《とう》から出ていってほしい。

明日《あした》からまた登ってきても、もう二度と応援《おうえん》したり引き上げたりはしない。

淋《さび》しさに負けたりせずに、狼《おおかみ》の数が減って外に出られる時か、カイルが来てくれるのをじっと待とう。ビーストを招いた選択《せんたく》は、自分の弱気が生んだ大きな過《あやま》ちだったのだ。

「……あ、ふ、ぁ……っ！」

後孔に指を挿入《そうにゅう》された途端《とたん》、クロウは否応《いやおう》なく快楽の渦《うず》に引きずり込まれる。

唾液《だえき》で濡《ぬ》れた指は滑《なめ》らかに動き、体内にある痼をこりこりと解《ほぐ》してきた。

「や、ぁ……は……ふ……」

「——ッ、ング……ゥ」

飢《う》えている様子のビーストは、顔を上下させながら激しく性器を吸い続ける。

窄《すぼ》めた唇で痛いほど強く吸引されると、どうしてもビーストをエルフに置き換えることができなかった。エルフはいつだって優《やさ》しく、クロウにほんのわずかな痛みすら与《あた》えない。

「ん、う……や、あ……っ」

なかなか思い通りにいかずに時間が掛《か》かったが、指を出し入れされるうちに突然《とつぜん》、頭の中が真っ白になる。

全身が痙攣《けいれん》する瞬間が訪《おとず》れた。ミルクを出すことがこんなに疲《つか》れるなんて、初めての経験だ。

幸福感は微塵《みじん》もなく、疲労《ひろう》ばかりが募《つの》る。

「——ん、う……あ、ぁ……っ！」

数回に分けてミルクを放ったクロウは、疲れ果てて仰向《あおむ》けのまま四肢《しし》を広げた。

指先では敷物《しきもの》の毛皮を摑み、腰をびくんびくんと何度か震《ふる》わせる。

これで解放されると信じたかったが、しかし願い通りにはいかなかった。

ミルクを吸い上げたビーストは、喉《のど》を鳴らすことなく顔を上げ、舌を伸ばして掌《てのひら》にミルクを吐《は》きだしたのだ。

クロウが放ったいつになく重たい白色の粘液《ねんえき》は、ビースト自身の唾液と混ざり、指の間からぽたぽたと滴《したた》り落ちていた。

「……え、何……？　何を、してるの？」

クロウのミルクは、ビーストの手から彼の股間に運ばれる。

剛毛の中から突《つ》きだした性器を直視したクロウは、「ひっ」と声を裏返した。

青年の姿になったエルフ達の性器を上回るそれは、大きく反り返り、臍《へそ》から鳩尾《みぞおち》に掛けて生えた毛の中に亀頭《きとう》を埋《うず》めている。

「い、嫌《いや》……っ、近づかないで……！」

ビーストは赤い瞳《ひとみ》を光らせながらハァハァと息を吐き、手に取ったぬめりを性器に満遍《まんべん》なく塗《ぬ》りつけた。ペニスの根元を摑んで角度を変えると、てらてらと光る先端《せんたん》をクロウの尻《しり》の間に向けてくる。

「——嫌……そんなの嫌……っ、怖い！」

指で拡《ひろ》げられた窄まりに性器を当てられた瞬間、クロウは恐怖に慄《おのの》く。

身に迫る危険を察し、仰向けのまま両手で体を支えて逃《に》げた。

背中で滑《すべ》るようにして、敷物の上をじりじりと後退する。

「お願い……もうやめて！　もう出ていって！」

叫《さけ》んでも脛《すね》を摑まれ、あっという間に元の位置まで戻《もど》された。

体が真っ二つに裂《さ》けるかと思うほど足を広げられ、再び性器を突き立てられる。

「嫌……っ、やだ、痛い……っ！」

小さな肉の孔《あな》を、明らかに大き過ぎる物で抉《こ》じ開けられた。

エルフと自分にとってミルクは飲む物だったが、ビーストにとっては違《ちが》うのだ。

彼は唾液やオイルの代わりにミルクを使い、そして指では飽《あ》き足らずに、昂《たかぶ》った性器をずぶずぶとねじ込んでくる。

「ひっ、い……あぁ……あ——ッ!!」

後孔を天井《てんじょう》に向ける恰好《かっこう》で体を丸められたクロウは、肉孔を容赦なく穿《うが》たれた。

ぬるついた熱い物が少しずつ入ってきて……最も太く張りだした部分が今にも収まりそうになる。そのすべてが、視界の中で繰《く》り広げられていた。

「いや……！　痛い……いやぁ——っ!!」

命の危険を感じた刹那《せつな》、床《ゆか》に流れていたクロウの髪《かみ》が動きだす。

動けと命じたわけではなかった。

動揺《どうよう》と痛みで、髪に宿った魔力《まりょく》のことなど思いも至らなかったが、しかし本能がそれを動かしたのだ。

「グアアアァ――ッ!!」

長い黒髪で四肢を拘束《こうそく》されたビーストは、後方に引っ張られて塔の壁《かべ》に激突《げきとつ》する。

頭も背中も腰も、すべて同時に、そして強《したた》かに打っていた。

これまで浅ましく荒《あら》い息を吐くばかりだった彼の叫びは、まさに断末魔《だんまつま》の絶叫《ぜっきょう》そのものだ。

あまりにも悲痛で、聞いているだけで自分の体も痛くなってくる響《ひび》きに……クロウは愕然《がくぜん》として青ざめる。

「ビースト……ッ」

暖炉《だんろ》の炎《ほのお》の揺《ゆ》らぎを映す壁は、血でべっとりと汚《よご》れた。

その下に、髪の毛に全身を締《し》めつけられたビーストの姿がある。

ぎらついていた瞳は虚《うつ》ろになり、口からは血に染まった歯列が覗《のぞ》いた。

「あ……ぁ……」

クロウは全裸《ぜんら》のまま身を震わせ、少しずつ髪の力を抜《ぬ》く。

ビーストはしばらくの間は動いていたが、やがてまったく動かなくなった。

呼吸音が聞こえなくなり、クロウは彼を殺してしまったことに衝撃《しょうげき》を受ける。

嫌なことをしてきた半人半獣のビーストを心底嫌《きら》いだと思ったが、しかし彼を塔に招き入れたのも、エルフの石を近づけて人間寄りの姿に変えたのも自分だ。

そのうえ自ら肌《はだ》を晒《さら》して、餌《えさ》として身を捧《ささ》げる姿勢を見せた。

ビーストは誘《さそ》われるまま、彼自身が持つ本能に従っただけだろうに、こんなふうに殺されるなんて――きっと今頃《いまごろ》、魂《たましい》となって悔《く》やみ、恨《うら》んでいることだろう。

騙《だま》すつもりはなかった……と、謝れるものなら今すぐ彼に謝りたい。

――罠《わな》を……仕掛《しか》けて、退治したわけじゃない……本当に君に食べられてもいいって、そう思ったんだ。

何をどう言い訳したところで自分のしたことは変わらず、時を戻したくても戻すことはできなかった。

彼を小窓まで引っ張り上げたりしなければ、いつか諦《あきら》めて去ってくれたかもしれないのに。

彼にとってはそれが一番だったはずなのに――。

自分は身勝手な淋しさから、そんな日を迎《むか》えなくて済むように今夜を終わりの日と決めて、彼の命まで終わらせてしまった。

「ごめんなさい……っ、ごめんなさい」

揺さぶっても動かないビーストの顔を見下ろしながら、クロウは激しく嗚咽《おえつ》する。

彼が獣のままだったとしても罪深いが、人間に近い姿をしていることで、ますます罪深く感じた。

彼は何らかの事情で獣と人の中間の存在として生きていて、もしかしたら苦しんでいたのかもしれない。自分と同じように、独りぼっちがつらいという感情や、淋しいという感情を持ち合わせていた可能性もある。

痛みを恐《おそ》れずに彼の行為《こうい》を受け入れてあげていたら、何かが変わったのだろうか。

「ごめん、なさい……っ」

ひくひくと声を上擦《うわず》らせたクロウは、ビーストのために天国の門が開くことを願い、鎮魂歌《ちんこんか》のつもりで子守歌《こもりうた》を歌った。

自分で歌っていても眠《ねむ》くなってしまうくらい心が癒《いや》される旋律《せんりつ》の子守歌は、いつの間にか覚えたもので、これだけはエルフ達に教わったものではない。

クロウが歌うとエルフ達は七人揃《そろ》って横になり、クゥクゥと寝息《ねいき》を立てて眠ったものだった。

突然この世を去ったビーストへの謝罪の念を歌に籠《こ》めて、クロウは丁寧《ていねい》に子守歌を歌い続ける。その間ずっと……血に濡れたビーストの頭を撫《な》で、彼が清い魂となって天に昇《のぼ》れるよう、心から祈《いの》った。

「――っ、あ……！」

最後まで歌い切る寸前、虚ろだったビーストの瞳が動く。

頭もわずかに動き、肩《かた》や肘《ひじ》、膝《ひざ》や足の先も少しずつ動きだした。

死んだと思ったビーストが息を吹《ふ》き返したことに驚《おどろ》くクロウだったが、さらに驚くことに、彼の赤い瞳は蒼玉石色《サファイア》に変わっており、人間らしい感情が見える。

目を合わせると、色だけではない変化が顕著《けんちょ》にわかった。

「……スノー……ホワイト……」

血に濡れた頰《ほお》や髭《ひげ》を小刻みに震《ふる》わせながら、ビーストは声まで震わせて言う。

つい先程《さきほど》まで「グウゥゥゥッ」と唸《うな》って威嚇《いかく》してきた彼とは別人のようだった。

震えていてもとても綺麗《きれい》で優《やさ》しげな声をしており、瞳の表面には涙《なみだ》の膜《まく》が浮《う》かんで見える。

今にも涙粒が零《こぼ》れ落ちそうだった。

死にそうなくらい痛い思いをしたのだから当然かもしれないが、こんなに大きく立派な体の大人が泣きそうな顔をしているのを見ると、自分はなんて酷《ひど》いことをしてしまったのかと痛感させられる。

「ごめんなさい……君がしたことに驚いて逃げようとしただけで、でも勢い余って凄《すご》く乱暴なことをしてしまって……痛い目に遭《あ》わせてごめんなさい」

クロウは彼の顔の血を拭《ぬぐ》いながら、真っ直《す》ぐに目を見て謝った。

涙する彼の青い瞳を見ていると、恐怖心《きょうふしん》など霞《かすみ》のように消えてしまう。

心を籠めて歌ったことで、奇跡《きせき》が起きたのだろうか。

ビーストの中にあった険しい獣の本能が鳴りを潜《ひそ》め、人間の心が溢《あふ》れだしてきたのかもしれない。

「ああ……ぁ、なんてことを、私は……なんという罪を……！」

「ビースト!?」

クロウの手から逃げるように身を翻《ひるがえ》したビーストは、血に染まった壁に額を強く押しつけ、身も世もなく泣き叫ぶ。

いったい何を口走っているのか聞き取れないほど興奮し、感情的になっていたが、それでいて獣の叫びとは違っていた。

彼は確かに、人として何かを……とても激しく嘆《なげ》いているのだ。

「お、落ち着いて……僕は、大丈夫《だいじょうぶ》だから、どうか落ち着いて」

「うぅ、うあああぁ……あぁ！　私は、またしても罪を……なんて浅ましい！」

ビーストは自らを罰《ばっ》するように額を壁に打ちつけ、クロウが止めても泣き叫ぶ。

どうにか聞き取れたのは、「罪」と「浅ましい」という言葉で、クロウは、彼が人の心を取り戻《もど》し、嫌がる相手に無理強《むりじ》いしたことを悔やんでいるのだと思った。

「ビースト……ごめんなさい、勝手に名前をつけて。僕はもう大丈夫。君があんなことをもうしないでくれるなら、それでいいんだ。僕も酷い仕打ちをしてしまったし、お互《たが》いにいけないところがあったと思って、仲直りしよう」

「スノーホワイト……君の抵抗《ていこう》は当然だ。私は……」

「いいから、大丈夫。勝手に名前をつけるのも、おあいこだね」

クロウは今度こそ意図して髪《かみ》の力を使い、ビーストが壁に額を打ちつけないよう、彼の腕《うで》を髪で縛《しば》って壁から離《はな》した。

そうして自分の方へと引きつけて、別の毛束を使ってタオルを用意する。

それを水桶《みずおけ》に突《つ》っ込んで濡《ぬ》らすのも、きつく絞《しぼ》るのも髪に全部任せ、程よく湿《しめ》ったタオルを右手で受け取ると、驚愕《きょうがく》に目を剝《む》いているビーストの顔を拭《ふ》いた。

「スノーホワイト……その髪は、いったい……」

「僕が色白だからスノーホワイトって呼ぶの？」

「……あ、ああ……」

「この髪にはエルフの魔力《まりょく》が宿ってるんだ。僕はずっとエルフの……」

僕はずっとエルフのミルクを飲んできたから——と言い掛《か》けたクロウは、エルンストの最期《さいご》の言葉を思いだして、「ずっとエルフに育てられてきたから」と言い直した。

あの行為は、本来は愛する人と……一番好きになった人とだけすることで、それが人間の世界の普通《ふつう》であるなら、迂闊《うかつ》に口にするべきではないと思ったのだ。

嘘《うそ》はつきたくなかったが、それ以上に本当のことを言ってはいけない気がした。

「そうか、それで髪がそんなに長く」

冷たいタオルで血を拭われたせいか、ビーストは少しずつ落ち着きを取り戻す。

しかし涙は止まらず、澄《す》み切った蒼玉石の瞳《ひとみ》は乾《かわ》いても乾いてもまた濡れた。

彼はクロウの顔を直視することを避《さ》け、すぐに目を逸《そ》らすのだが、そうかと思うと再び視線を向けてきて、そのたびに瞳の表面を涙の膜で潤《うる》ませる。

次に目を逸らす時には、溜《た》まった涙が粒《つぶ》になって落ちるのだ。

黒い髭の中に隠《かく》れてしまうが、落涙《らくるい》しているのは間違《まちが》いなかった。

ビーストなどという名前をつけたのが申し訳なくなるほど悲しげな瞳は、時折少しだけ喜びの色を見せ、頬や唇《くちびる》が微笑《ほほえ》みの形に動き掛ける。

けれども完全に笑うことはなく、彼は両手で顔を覆《おお》いながら、「そんな無垢《むく》で美しい目で、私を見ないでくれ。私は醜《みにく》い……君の目に映る資格がない！」と、喉《のど》の奥から声を振《ふ》り絞って泣いた。

「泣かないで……醜くなんてないよ。凄く強そうで、立派な大人の……男の人だし。ビーストなんて変な名前をつけてごめんなさい。なんて呼んだらいい？」

「――ビーストで、構わない……私はこの通り醜く……罪深く、浅ましい野獣《やじゅう》だ」

そう言って顔を逸らしながら嘆く彼の横顔は、彫《ほ》りが深く鼻筋が真っ直ぐで、唇も立体的で綺麗な形をしていた。

その向こうに覗《のぞ》く歯列は真珠《しんじゅ》のように白く、今は血もついていない。

何より彼の声はとても優しく、上品な響《ひび》きを持っていた。

「ビースト……さっきのことはもういいから……そんなに気にしないで。まだ獣《けもの》の心が残っていたんだし、僕はこの通り、どこも傷ついていないよ。君にミルクを吸い上げられてしまったけれど、それだけだし」

「――ッ」

ビーストを傷つけないよう慎重《しんちょう》に言葉を選んで慰《なぐさ》めたクロウだったが、彼は突然《とつぜん》、眉《まゆ》をひくつかせる。さらに唇まで歪《ゆが》めた。

そして、「……ミルク？」と、クロウの言葉の一部を不快げに鸚鵡返《おうむがえ》しにする。

まるで稲妻《いなずま》に打たれたような反応だった。

これまではクロウの顔を直視することを避け、極力距離《きょり》を空けていたというのに、急に身を乗りだしてくる。

「あれをミルクなどと、そのような下品な言葉を使ってはいけない」

「……っ、え？　下品な言葉？」

いきなりの叱責《しっせき》に戸惑《とまど》うクロウは、自分が何故《なぜ》叱《しか》られているのかわからなかった。

性器から放たれる白い体液を、これまでは当たり前にミルクと呼んで飲んできたため、他《ほか》の呼び方など知らないのだ。

「正しくは精液だ。人前で口にする単語ではないが……わざとミルクなどと呼ぶのは、荒《あら》くれ者や娼婦《しょうふ》だけだ。君には相応《ふさわ》しくない。君がミルクと呼ぶべきは、母親が子に与《あた》えるミルクや、食卓《しょくたく》に上がる牛などのミルクであって、それ以外に使ってはいけない。使用法を間違えれば、君の品性が疑われることになる」

「は、はい……」

クロウはびっくりして、こくこくと頷《うなず》きながら返事をした。

荒くれ者と呼ばれる者達を絵本で見たことがあったが、今目の前にいるビーストは彼らを上回るほど荒っぽい剛《ごう》の者に見えるというのに――下品な言葉を心から嫌《きら》い、若輩《じゃくはい》の者を厳しく指導する潔癖《けっぺき》な姿勢は誇《ほこ》り高く、きららかに感じられる。

「不快にさせて、ごめんなさい。僕が間違えて覚えていたのかもしれません。下品な言葉だと知っていて使っていたわけではないんです。どうか呆《あき》れないでください」

「いや……私の方こそ……厳しい言い方をしてすまない。このように世間と隔離《かくり》された場所で暮らしていれば、誤解の一つや二つはあって当然だ。許してくれ」

「いいえ、あの……本当に知らないことが多くて……色々、教えてください」

クロウは目を輝《かがや》かせながら、ビーストの瞳を見つめる。

話せば話すほど魅力《みりょく》的な声と美しい喋《しゃべ》り方に、心惹《こころひ》かれるばかりだった。

失礼とは知りながらも、目を閉じて彼の話を聞いてみたくなる。

もちろんそんなことはしないが、もしもそれを実行したら、おそらくとても気高い紳士《しんし》と話している気分になれると思ったのだ。

「スノーホワイト……私が我を忘れて君にしたことを、許してほしい。もう二度と、あのようなことはしないと誓《ちか》う。だがいくら私が誓っても、私の中に眠《ねむ》る野獣が再び君を襲《おそ》うかもしれない。私が黒く恐《おそ》ろしい獣となって塔《とう》を登ってきても、どうか目もくれず耳も傾《かたむ》けずに無視をして、決して寄せつけないでほしい」

ビーストは再び顔ごと視線を逸らし、悲しみに沈《しず》んだ声で言った。

自身の容姿を恥《は》じて、顔をあまり見せないようにしているのがわかる。

彼の願いは切実なものだったが、クロウには理解できず、今度は首を横に振った。

「明日の晩も明後日《あさって》の晩も……貴方《あなた》が塔を登ってきたら、僕はまた魔法の髪を使って引っ張り上げます」

「いけない！　獣の私は理性がないのだ。君の喉笛《のどぶえ》を咬《か》み切るかもしれない！」

「大丈夫です。貴方は途中《とちゅう》までしか登れないし、そこの小窓から入ったあとも、僕の髪で縛られているうちは何もできません。明日からは、髪でぐるぐる巻きにしたまま貴方の顔にブレスレットを近づけます。そうすれば今の姿に変わるでしょう？」

「危険過ぎる。それに、それだけでは足りない」

思い悩《なや》んでいる様子のビーストの横顔を見ながら、クロウは思わず微笑んだ。

彼は口ではこう言っているが、本当はここに来たいのだという気持ちがわかる。

それも、目的は場所ではない。自分と会うことだ。

彼はこちらの身を案じて遠慮《えんりょ》しているが、もしも安全に会える方法があるなら是非《ぜひ》会いたいと、そう願ってくれているのが伝わってくる。

つい先程《さきほど》、何が彼を変えたのか——彼を理性的な人間に戻したのはなんだったのか、それに気づいたクロウは、宝物を発見した気分になった。

「子守歌《こもりうた》を歌います。貴方が今と同じ青い瞳になるまで、そして貴方自身が僕に、もう大丈夫だって言うまで、髪の毛でしっかり縛って絶対に放しません。心を籠《こ》めて、貴方を貴方らしく戻すために歌います。だから、会いにきてください！　待っていますからっ、僕に会いにきてください！」

毎晩、会ってくれる人がいる。会いたいと思い、実行してくれる人がいる。

そう思うだけで一日一日がどれほど素敵《すてき》なものになるか、想像する前からクロウは笑い泣きしていた。迷っているビーストの髪や髭《ひげ》に付着した血をタオルで拭《ぬぐ》いながら、片方の手で彼の手を握《にぎ》る。

「僕に会いにきてくれますか？」

指までびっしりと剛毛《ごうもう》に覆われた手だけれど、しかしこの手は、獣の時にあれほど必死に、連日塔を登ってきた手だ。

他にもっと効率よく食べられる獲物《えもの》がこの森にはいくらでもいるはずで、あの獣の執拗《しつよう》な行動には、今の理性的な彼が持つ「会いたい」という気持ちが作用していたのかもしれない。

おそらくその通りだろう。明日になればまた……彼は本能の赴《おもむ》くままに食欲《しょくよく》や快楽に走るのだろうが、髪の魔法が使えるうちは抑《おさ》えることができるはずだ。

「――スノーホワイト……」

会いにくるよ――と、彼は言ってくれなかったが、しかし抱き締《だし》めてはくれた。

顔を見せたくない気持ちもあるのかもしれない。けれどもクロウにとって、理由はどうあれ抱擁《ほうよう》は嬉《うれ》しいものだった。肌《はだ》の温《ぬく》もりが嬉しい。伝わる鼓動《こどう》に安心する。

「君に会いたかった」

「……僕のことを、どうして知っていたんですか？」

逞《たくま》しい腕《うで》に包まれ、より強く抱き締められながら訊《き》いてみた。

この森に彼が現れたのはエルフ達が消えてからだが、募《つの》る彼の想《おも》いに、数日ではなく何年分もの重みを感じたからだ。

「それは……」

耳元で呟《つぶや》かれる声は、震《ふる》えていた。今にも涙声《なみだごえ》になりそうだ。

秘密の多いエルフ達と暮らしてきたため、クロウは秘密の話に敏感《びんかん》だった。訊いてはいけないことだったのだと察して、質問を取り消そうとする。

しかし彼はその前に再び口を開き、「噂《うわさ》に聞いていた」と答えた。

「――噂？」

「ああ……そうだ。黒い森の塔に、この国の第二王子が閉じ込められていて……それはそれは美しい、雪のように白い肌の少年だと噂に聞いていた。一目見て君だとわかった。王子の名はスノーホワイト。それが君の本当の名前だ」

「スノーホワイト……」

エルフが最期《さいご》に告白した自分の出自を、他の人の口からも聞けたことが嬉しくて、クロウはビーストの腕の中で静かに微笑む。

彼に殺されないようにする方法もはっきりしたのだし、これからは心を強く持って、カイル王太子の迎《むか》えを待とう。

或《ある》いは狼《おおかみ》が減ってから塔を抜《ぬ》けだすか、焦《あせ》らずに時を待ち、状況《じょうきょう》を読んで行動すればいい。

「僕が王子なら、どうしてこんな所に閉じ込められているんでしょう？」

「君の父親は、以前は立派な国王だったが……王妃《おうひ》様を亡《な》くしてから心を病《や》んでしまったんだ。あまりにも王妃様を愛し過ぎていたせいで、王妃様にそっくりになりそうな君を見ているのがつらかったんだよ」

やはりビーストは極力顔を見せたくないようで、クロウは彼の肩《かた》に顎《あご》を載《の》せながら壁《かべ》ばかりを見ていた。

ビーストの血によって濡《ぬ》れた壁が、揺《ゆ》れ動く暖炉《だんろ》の炎《ほのお》を受けて磨《みが》いた石のようにてらてらと光る。

「僕は、お父様に疎《うと》まれて……閉じ込められているんですか？」

「いや、疎まれたわけではない。愛の結果に過ぎないんだよ。二人が愛し合ったからこそ君が産まれて、君はたくさんの愛を受けて育った。もちろん、王も君を愛していた。けれどもそれ以上に愛する人がいたから、王は病んでしまったんだ。君は王にとっての一番ではなかったが、君を一番愛している人もちゃんといる」

「――僕を一番愛している人？」

それは誰《だれ》なのか――外の世界を知らないクロウには、七人のエルフと、兄のカイル王太子、そして母親である王妃くらいしか思い浮《う》かばない。

ビーストは何も答えずに、ただ強く抱き締めてくる。

まるで「私だ」と言っているかのようだったが、しかし彼は他人だ。

この塔に閉じ込められている王子が美しいと噂されていたからといって、話を聞いただけで愛情を持ったりはしないだろう。いや、場合によってはそういうこともあるのかもしれない。

現に自分は、カイル王太子の絵姿とエルフから聞いた話だけで、彼を特別な人だと思っていた。淡《あわ》い恋心《こいごころ》を抱《いだ》いていたのだ。

「ビースト……」

「君を誰よりも愛しているのは、カイル王太子だ」

クロウは最も理想とする答えをもらい、歓喜《かんき》のあまりビーストの顔を見た。

体ごと引いて間近で見つめると、彼はすぐさま視線を外す。

青い瞳《ひとみ》は悲しげで、また泣きだしそうに見えた。

「カイル王太子は、本当に僕を？」

「ああ……唯一《ゆいいつ》の弟をとても可愛《かわい》がり、会いたくても会えない境遇《きょうぐう》を嘆《なげ》いているという噂だ。王太子は、この森に入ることができない」

「――どうして？」

「国王が禁じているからだ。心を患《わずら》っている王は……スノーホワイト王子に何をするかわからないから、王太子は勝手なことができない……らしい」

「……でも、いつも素晴《すば》らしい贈《おく》り物をくれます」

「それくらいしか、できることがないからだろう」

ビーストは瞼《まぶた》を閉じて、「彼は君を愛しているが、とても無力な男だ」と呟いた。

カイルのことを悪く言われるのは嫌《いや》だったが、ビーストがとてもつらそうなので、「お兄様のことを悪く言わないで」と抗議《こうぎ》することはできなかった。

悪く言いたくて言っているわけではないのが、ひしひしと伝わってくる。

「お兄様は、僕を迎えにきてくれるでしょうか？」

「国王になったら確実に迎えにくるよ。王になる前に、少しでも早く迎えにこられるよう画策しているという噂もある。今……この森には狼や熊《くま》が多いから、人が入るのは容易ではない。もちろん君が塔《とう》から下りるのも危険だ。君は安全なこの塔で、王太子が迎えにくるのを待っていなさい。……いいね？」

ビーストはそう言い聞かせながら、頬《ほお》に触《ふ》れてくる。

彼を実の兄のように頼《たの》もしく感じたクロウは、涙《なみだ》を零《こぼ》しながら頷《うなず》いた。

「ビースト……独りは、淋《さび》しいです。お兄様が迎えにきてくれるまで、ここに遊びにきてくれますか？ 貴方《あなた》に、色々なことを教わりたいです」

クロウはビーストの掌《てのひら》に頬を押し当て、彼の手の大きさを感じる。

赤い瞳の時とは大違《おおちが》いに、知性と優《やさ》しさのある青い瞳を見つめながら、「会いにきてください」と、もう一度訴《うった》えた。

「こんなに醜《みにく》い私と、会いたいのか？ 恐《おそ》ろしくはないのか？」

「とても会いたいです。恐ろしくはありません。獣《けもの》の時は怖《こわ》いけれど、それは本当の貴方ではないってわかったから」

クロウが微笑《ほほえ》むと、ビーストはまたしても涙を零す。

雄々《おお》しい見た目とは裏腹に、よく泣く人だ。

きっと複雑な事情を抱《かか》えていて、思い悩《なや》むことも多く、傷つきやすいのだろう。

「くれぐれも油断はしないと、約束してくれ」

涙を零しながら約束を求めるビーストに、クロウは満面の笑《え》みを返す。

獣の時の彼に気を許さないことを胸に誓《ちか》って、「はい」と答えた。

4

ビーストが塔に来るようになって一年の歳月が流れ、クロウは十七歳になった。

森が紅葉に染まる秋も、雪化粧《ゆきげしょう》を施《ほどこ》される冬も、淋しいとは感じずに一年間を過ごせたのは、すべてビーストのおかげだ。

彼は塔に登ってくる段階では獰猛《どうもう》な獣で、理性がない。

クロウはいつも彼の体を髪《かみ》で引っ張り上げ、拘束《こうそく》したまま毛皮を撫《な》でて、エルフ達が遺《のこ》したブレスレットを鼻先に近づけた。

七粒《ななつぶ》の石の力によって人の形に変化したビーストに子守歌《こもりうた》を聴《き》かせると、彼の瞳は赤から青へと変わり、たちまち理性的な紳士《しんし》になる——が、クロウが彼のために歌をいだすまでの時間は、この一年の間に少しずつ長くなっていた。

——触《さわ》りたい……。

まだ赤い瞳をして、「グウゥ——ッ！」と唸《うな》っているビーストの肉体に、クロウは熱い視線を注ぐ。何しろ彼は全裸《ぜんら》で、体毛が多いとはいえ性器は丸見えだ。

髪で拘束しても暴れるため、時には吊《つ》り下がった袋《ふくろ》の裏側まで見えた。

早く子守歌を歌って、本来の優しい彼に戻《もど》してあげなければ……そう思いつつも、クロウはビーストの体を自由に見つめられる時間と決別できない。

それどころか、今この状態で髪の毛による拘束を緩《ゆる》めれば、彼は出会った日と同じように、性欲《せいよく》を剝《む》きだしにして襲《おそ》い掛《か》かってくるのでは……と、つい考えてしまう。

咬《か》みつくような口づけをして、性器に食《く》らいついてきて、精液を啜《すす》って、そして猛《たけ》り狂《くる》った雄《おす》を後孔《こうこう》に挿入《そうにゅう》してくるだろうか。

それはおそらくとても痛いのだろうが、快楽だってあるはずだ。

最初は痛いばかりだったとしても構わない。一年前のあの夜のように、我を忘れて求められたい。

——ビースト、ごめんなさい。早く歌わなきゃ……って、思ってはいるんです。拘束されて苦しむ貴方を見ているのは、つらいし……。

いつからか明確な自覚はないが、クロウは彼の体をじっと見たり触れたりしたいという願望を抱くようになった。

しかし正気に戻った彼には、獣の時の記憶《きおく》も獣人の時の記憶もあるため、勝手なことはできない。

こうして、立派な性器や引き締《し》まった臀部《でんぶ》、厚い胸に視線を注いでいることも……あとあと発覚しかねないのだ。だからいつも、暴れる彼に梃摺《てこず》って思うように歌いだせない——という演技をしながら、見つめるしかなかった。

――貴方が帰ったあと……独りでベッドに入ると……お尻《しり》の辺りが変な感じになるんです。貴方の体を……特に性器を思いだしてしまって、肌《はだ》は火照《ほて》るし、奥が疼《うず》くし、喉《のど》が渇《かわ》いて……貴方が放つ濃厚《のうこう》なミルクを、体中が求めてしまう……。

喉奥でエルフの精を受けたことは数え切れないほどあるが、あれを後孔の奥で受け止めるのは、いったいどんな感じがするものなのだろう。

自分を抱く時、ビーストは息を乱すだろうか、腰《こし》を揺《ゆ》らす時は、どれくらい力強いのだろう。達する時の表情は、いつになく官能的なものなのだろうか――。

クロウは呻《うめ》いて暴れるビーストのために、心を籠《こ》めて子守歌を歌った。

もちろん理性的な彼が一番好きで、早く歌って彼に会いたい気持ちがある。

けれども正気になった途端《とたん》、ビーストはクロウの大きなフード付きマントを借りて纏《まと》い……毛むくじゃらの体を隠《かく》してしまうのだ。

――ビースト……早く僕の願望に気づいてください……。

クロウは、正気ではない時の彼に求められたいと本気で思っているわけではなく、青い瞳の彼に、我を忘れる勢いで求められたいと思っている。それが本音だ。

しかし願望のすべてを晒《さら》して、今の関係を壊《こわ》すのは恐ろしかった。

気持ちを伝えたところで、正気の彼に抱かれる日など来ない気がするのだ。

「御機嫌《ごきげん》よう、ビースト」

「──御機嫌よう、スノーホワイト……今夜も暴れて梃摺らせてしまったか？」

クロウの子守歌によって、ビーストは蒼玉石《サファイア》の瞳の青年に変わる。

相変わらず獣人と呼んでも過言ではないほど毛深い男だが、その内面は紛《まぎ》れもなく紳士であり、今のクロウにとっては師も同然だった。

「はい、少し大変でした。でも大丈夫《だいじょうぶ》です。危険はありませんから」

「すまない……くれぐれも気をつけてくれ。どうしても抑《おさ》え切れないのだ」

申し訳なさそうに謝罪する彼に、クロウは「大丈夫です」と微笑みを返す。

そうしていつも通りフード付きの赤いマントを手渡《てわた》したが、内心は複雑だった。

十七歳になったのを機に、クロウの心には激しい葛藤《かっとう》が生じている。

いっそのこと、獣人のビーストの力に負けた振《ふ》りをして、彼に犯《おか》され、その流れで今の関係を変えられないものかと思ってしまう。

そんなことをすれば本来の彼に強い罪悪感を抱《いだ》かせるのはわかっていたが、そうでもしないと先に進めそうにないくらい彼は真面目《まじめ》で、本当に折目正しい青年なのだ。

──僕から迫《せま》ったら、ビーストはもう二度とここに来てくれなくなってしまうかもしれない。

でも、彼が罪を犯したなら、責任を取ってくれるかもしれない。

勇気を出して完全に玉砕《ぎょくさい》するか、狡《ずる》い手段から始めて、やがて本物の恋人《こいびと》同士になるか──

それとも他《ほか》によい方法があるのだろうかと、クロウは思い悩む。

こんな気持ちなど知らないであろうビーストは、今夜も早速《さっそく》机に向かった。顔が見えないよう深々とフードを被《かぶ》り、やはり顔を見せないために真横に座る。さらに手袋《てぶくろ》を嵌《は》めて、手指に生えた毛を隠してペンを握《にぎ》った。

あまりの毛深さに最初は驚《おどろ》いたクロウも、今ではすっかり見慣れ、むしろすべてを彼の個性として好意的に捉《とら》えているというのに、彼自身は酷《ひど》く気にしている。

正気になる前に裸《はだか》をじっくり見つめられていると知ったら、さぞかし嫌《いや》な気持ちになることだろう。

「この大陸では、十年に一度くらいの頻度《ひんど》で旱魃《かんばつ》と飢饉《ききん》に見舞《みま》われ、そのたびに多くの民《たみ》が重税に苦しんできた。高い税を徴収《ちょうしゅう》しているからといって、王族や貴族が民を無慈悲《むじひ》に苦しめていたわけではない。国家の弱体化を他国に悟《さと》られないよう、上に立つ者には保たねばならない体面があった」

今夜はグリーンヴァリーの歴史と一人の英雄《えいゆう》について話そう——と前置きしたビーストは、大陸の地図を広げる。

「体面を保つのは、他国に侵略《しんりゃく》されないためですか？」

「その通りだ。王族は威厳《いげん》を保ち、貴族は勇ましく——頑丈《がんじょう》な鎧《よろい》や馬や武器を揃《そろ》え、侵略者が攻《せ》めてきても国を守れるよう、万全《ばんぜん》の備えをしておかなければならない」

ビーストは机に向かうクロウの真横に座って、地図上の国境をペンの先で示した。

グリーンヴァリー王国は同盟関係にある国々に囲まれているが、飢饉に見舞われる時は他国も同じ状況《じょうきょう》になるため、備蓄《びちく》した食料を求めて攻め入られる恐れがある。最も近いオーデンの第二王子だったプリスが、現在のグリーンヴァリー国王として君臨しているのは強みになるが、まだ縁戚《えんせき》関係にない同盟国はいくつもあった。

「飢饉が来ても民が飢《う》え死にしないための、馬鈴薯《ばれいしょ》という夢の植物があってね。芽に毒を含《ふく》むせいで悪魔《あくま》の植物と呼ばれていた時代もあったが、一人の優秀《ゆうしゅう》な研究家が馬鈴薯の正しい育て方や安全な食べ方を各国に広めてくれたおかげで、飢饉は以前のように恐《おそ》ろしいものではなくなった。現在でも、彼は英雄と呼ばれている」

「英雄……」

「そう。武勲《ぶくん》を立てるばかりが英雄ではない。国境を越《こ》え、身分や己《おのれ》の利益とは無関係にあらゆる人々に幸福を齎《もたら》す者こそが、英雄の名に相応《ふさわ》しいと私は思っている」

横に座るビーストの表情はフードに隠れて見えなかったが、クロウは彼の声から感情を読み取っていた。

とても晴れ晴れとした明るい口調で、笑顔《えがお》で話しているのがよくわかる。

馬鈴薯の普及《ふきゅう》によって希望が生まれ、多くの人々が命を落とさずに済むことを、彼は心から喜んでいるのだ。

「飢饉でも民から高い税を徴収し、侵略に備えることに関して、王族や貴族は心苦しさを抱《かか》えながら生きてきた。今は深刻な飢饉そのものがなくなったのだから、よい時代と言っても過言ではない。しかし人は欲深《よくぶか》く……豊かになってもさらなる豊かさを求めてしまう。他人の物を奪《うば》おうとするのだ」

「結局、戦争が起きるのですか？」

「その可能性は常にある。だからこそ王族は同盟国の王族と縁戚関係になり、何より穏《おだ》やかな方法で自国を守らなければならない。国王は、カイル王太子を隣国《りんごく》フローゼンスの王女と結婚《けっこん》させようとしている。これまでは王太子が結婚することに反対していたが、歳《とし》を取って少しは弱気になったらしい」

ビーストの話を大人しく聞いていたクロウは、驚いて目を瞬《しばた》かせる。

彼の顔を無理やり見てはいけないと承知していたが、我慢《がまん》できずに前屈《まえかが》みになり、フードに隠された髭《ひげ》だらけの顔を覗《のぞ》き込んだ。

「僕のお兄様は……結婚するのですか？」

クロウは驚いてはいたが、不思議なことに悲しい気持ちにはならなかった。

以前は「お妃選《きさきえら》びの舞踏会《ぶとうかい》」と耳にしただけで胸がちくりと痛くなったのに、今は平然としていられる。よくよく考えてみると、カイルの肖像画《しょうぞうが》にキスをしてから眠《ねむ》る習慣も、いつの間にかなくなっていた。

「しないだろうな……彼には、結婚できない事情がある」

「それは、どういう事情ですか？　お兄様が結婚してたくさん子供が産まれたら国は安泰《あんたい》だし、お兄様もお父様も幸せになれるでしょうに」

クロウはなんでもよく知っているビーストに問いながら、エルフ達から以前聞いたカイル王太子に関する謎《なぞ》を思いだす。

あの時、カイルのことについて話していたのはエルンストだった。

エルンストは、カイルは王になりたがっていて、そのために結婚を考えている可能性があるが、しかし無理だと……そう言っていた。

その時は、カイルが王になるのが無理なのか、それとも結婚そのものが無理なのかわからなかったが、今の話から察するに、どうやら後者だったようだ。

「お兄様は完璧《かんぺき》な御方《おかた》だと思っていました」

「まさか。最初に言っただろう？　彼は君を愛しているが、とても無力だ」

「どうして、結婚できないんですか？」

「女性と夜を共に過ごせないから……という噂《うわさ》だよ」

「――え？」

ビーストの答えを聞いた途端、クロウは瞼《まぶた》に焼きついている兄の絵姿の横に、兄に劣《おと》らぬほど美しい青年の姿を思い浮《う》かべる。特定の誰《だれ》かというわけではなく、これまでに読んだ本に出てきた王子や貴公子、騎士《きし》などのイメージだ。

この一年間、ビーストと毎晩一緒《いっしょ》に過ごして外の世界の常識を教わってきたので、無垢《むく》だったクロウも大人の知識を多く得た。

ビーストから教えられたことだけではなく、読書の時間が増えたのも大きい。

エルフがいた頃《ころ》は、彼らと遊んだり淫《みだ》らなことをしたりしている時間が長く、本を集中して読む機会はあまりなかったため、男が男を愛するのが禁忌《きんき》であることすら、ほとんど知らずに生きてきた。

「お兄様は、女性ではなく男性と夜を共に……過ごす方なんですか？」

緊張《きんちょう》しながら訊《き》いたクロウに、ビーストは酷く驚いていた。

慌《あわ》てて「そういう意味じゃない」と否定し、さらに首を横に振る。

フードがずれて顔が見えたが、再び隠《かく》す余裕《よゆう》もないほどの焦《あせ》りようだった。

「カイル王太子は同性に興味など持っていない。断じてそのようなことはない。彼は無力だが、しかし理性的な男だ。同性を愛するわけがない！」

「ビーストは？　貴方《あなた》も同じ？　同性を好きにはならない？」

何故《なぜ》か怒《おこ》りだしたビーストに、クロウは真剣《しんけん》な眼差《まなざ》しで問い掛《か》ける。

兄が女性を好きでも男性を好きでも、兄が幸せならどちらでもよかった。

知りたいのは、今目の前にいるビーストの気持ちだ。

男同士で愛し合うことが禁忌とされているのはわかったが、しかしそれを貫《つらぬ》き通す恋人達も、この世のどこかにいるはずだ。

誰かを好きだと思う気持ちは美しく、簡単に止められるものではないということは、多くの本に書いてあった。

相手が同性だからといって、すべてが逆転し、醜《みにく》くなるわけでも、簡単に止められるものになるわけでもない。

異性への愛も同性への愛も、その美しさと強さは同じはずだ。

禁忌だと決めた人間が同性への愛を知らなかっただけであって……実際に神の口から「許さない」と言われた人間が存在するのだろうか。

おそらくいない。そんな人はどこにもいない。

「答えてください。貴方も、同性を好きにはならないんですか？」

「何故、そのようなことを私に訊くのだ？」

「知りたいんです、ビーストのこと……もっと知りたいんです」

兄はもちろん大切な人だけれど、この一年、自分と一緒にいてくれたのは彼だ。

ビーストが教えてくれない本当の名前も、どこから来たのかも、どうして獣《けもの》として現れるのかも……そして、どんな人を好きになるのかも……すべてが知りたくて、そして何か一つでも知ってしまうことが怖《こわ》い。

——どこかに奥さんや可愛《かわい》い子供がいるって言われたら、きっと胸が痛くなって、ちくちくするどころじゃなく、心臓が抉《えぐ》れてしまう気がする。だってそんなの、凄《すご》く淋《さび》しいもの。僕にとっては、貴方との時間が何よりの愉《たの》しみなのに……。

十七歳になる少し前から、クロウには恐れていることがあった。

近頃《ちかごろ》は狼《おおかみ》が減ってきたので、そろそろ兄が迎《むか》えを寄越《よこ》してくれるかもしれない。

けれども自分がこの塔《とう》を出て城に行くことは、ビーストとの別れを意味している。

以前は当たり前にそういうものだと思っていたが、今は彼と別れたくない気持ちが強かった。

いっそのこと、兄の迎えなど要《い》らないとすら思う。

「私は女性も男性も愛さない。浅ましい獣か、毛深く醜い獣人でしかない私が、誰かを愛することなど考えられる道理がない」

「ビースト……」

それでは僕のことも考えられませんか？　僕に会いたいと思い続け、今もこうして毎晩……一年間一日も欠かさずに会いにきて、熱心な教師のように外の世界のことを教えてくれる。

その動機はなんですか？　物語の中に出てくる恋《こい》や愛に近いものではないのですか？

訊きたい言葉を喉《のど》の辺りに留めながら、クロウは羽織っていたケープのポケットを探《さぐ》る。

言いたいことを思い切って口にするのは難しかったが、今夜渡《わた》すつもりだった贈《おく》り物を予定通り彼に渡そうとした。

「そんなふうに険しい顔を……しないでください。不快な気分にさせてしまったなら謝ります。

よかったら、出会って一年が経《た》った記念に……これを受け取ってください」

クロウが差しだしたのは、上質な子羊の革《かわ》で作った手袋《てぶくろ》だ。

ビーストが今使っている物はクロウが使い古した物で、指先の部分を切り落としてある。

そうでもしないと、彼の大きな手を包み込むことはできないからだ。

しかし徐々《じょじょ》に穴が大きくなったり縫《ぬ》い目が解《ほつ》れたりして、ビーストが隠したがっている指の毛が見えてしまうことがあった。

熱弁を振《ふ》るっている時はそれに気づかないビーストは、はっと気づくなり、自らの毛深さを恥《は》じる素振《そぶ》りを見せていた。

「スノーホワイト……これは？」

「お兄様からいただいた子羊の革のテーブルクロスを使わないまま取ってあったので、それを貴方の手に合わせて裁断しました。今度は指先までしっかり入るし、柔《やわ》らかい革だからペンを握《にぎ》りやすいと思うんです」

「――君が、縫ったのか？」

「はい、針仕事は得意なんです。エルフ達は手先が器用で……子供の頃は成長に合わせて服を縫ったり繕《つくろ》ったりしてくれました。僕も教えてもらっていたので」

クロウから手袋を受け取ったビーストは、「素晴《すば》らしい」と感嘆《かんたん》の声を漏《も》らす。

そして指先に穴の開いた左の手袋を外し、クロウが縫った手袋を嵌《は》めた。

しっかりと測ったわけではなかったが、実にぴったりだ。

「よかった。ビーストは指が長いから、少し心配だったんですよ」

「……ああ、スノーホワイト……こんな時に掛ける言葉がわからない。素晴らしいと言っても、ありがとうと言っても足りなくて、胸がいっぱいで言葉にならない。本当に……ありがとう。とても嬉《うれ》しいよ」

フードから半面だけを覗《のぞ》かせているビーストは、普段《ふだん》の俯《うつむ》き加減の彼とは大違《おおちが》いに明るい顔をしていた。感極《きわ》まったのか、蒼玉石《サファイア》の瞳《ひとみ》が潤《うる》んで輝《かがや》いている。

「ビースト……貴方に喜んでもらえて、僕もとても嬉しいです。でも、どうか聞いてください。その手袋を作ったのは、貴方がそれを必要としていたからであって……僕にとってはまったく必要のないものです」

「スノーホワイト？」

「手袋なんかしないで、僕に直接……触《ふ》れてくれたら嬉しい」

ビーストの笑顔《えがお》を見て勇気が湧《わ》いたクロウは、自分の気持ちを正直に口にした。

古い手袋を嵌めたままの彼の右手に触れ、それを外す。

「──ッ」

途端《とたん》に毛深い手の甲《こう》が露《あら》わになり、ビーストはマントの陰《かげ》に肘《ひじ》ごと隠した。

しかしクロウは追うのをやめず、隠れた手をしっかりと握る。

「スノーホワイト……手を放してくれ。私は、顔も体も、手も醜い」

「醜くなんてありません。最初は驚《おどろ》いたけれど……貴方を好きになれば、貴方の髭《ひげ》も体の毛も全部、素敵《すてき》な物に見えるんです。とても男らしくて立派だと思います」

「やめてくれ……っ、そのような慰《なぐさ》めは要らない」

「そんなふうに嫌《きら》わないであげてください。僕の好きな物を貴方が嫌っているのが、僕はとても悲しいです」

「好きな物？」

「貴方の物だから。貴方の特徴《とくちょう》だから。僕は、全部好きです」

彼自身が嫌って隠したがっている部分を、無理に触《さわ》るのも話題にするのも、そして好きだと言うことも、本当はいけないことではないかと思った。

それでもクロウは、ビーストの手の甲を何度も撫《な》でる。

硬《かた》い毛が掌《てのひら》に当たったが、少しも嫌《いや》ではなかった。

口にした言葉もすべて事実だ。ビーストが自身の容姿を嫌って、正面の席に座ってくれないことが悲しい。隣《となり》では、ほとんど顔が見えないのだ。

「貴方が素敵に見えて仕方がないんです」

「嘘《うそ》だ。そんなことはあり得ない。君はカイル王太子に憧《あこが》れていると……これまで何度も私に言っていた。王太子の話を聞きたがって、とても興味を……」

「もちろんお兄様のことは好きです。憧れているし、美しい人だと思います。でも、お兄様は絵の中の人……存在していても遠い人です。お兄様の青い瞳は、僕を映してはいません。最近では肖像画《しょうぞうが》を見つめることもなくなりました。僕が見たいのは、僕の顔をちゃんと見てくれる、貴方《あなた》の瞳です」

「スノーホワイト……」

「貴方も、そうやって隣に座るばかりで……しかもフードを深々と被《かぶ》っていて、僕を真っ直《す》ぐ見てくれないけれど……でも知っています。僕が机の上に視線を向けている時……貴方は僕の横顔を見てくれている。とても優《やさ》しくて、熱い視線で……」

「――ッ」

見つめたくて、見つめられたくて、触れたくて、触れられたくて――これが恋ではなくて、いったいなんだというのだろうか。

一緒《いっしょ》にいる時間は幸せで、彼が帰ってしまう夜明けがつらい。

彼の視線を感じると胸が熱くなり、どうしたって期待しそうになる。

ビースト自身が嫌っていようと恥じていようと、自分は彼の体が欲しい。

今のように盗《ぬす》み見るのではなく、もっと見つめて、弄《いじ》ったり弄られたりしたい。

「僕は貴方のことが好きです。これが禁忌《きんき》の恋だとしても、僕は……」

「やめなさい。もう黙《だま》るんだ。そんな馬鹿《ばか》な話は聞きたくない」

「お願いです……聞いてください。僕は貴方が好きです」

「スノーホワイト。君はエルフを失い、この塔に残された淋しさで正常な判断ができなくなっている。毎晩君の傍《そば》にいて、ある程度優しく接する者なら……君は相手が誰《だれ》であろうと好きになるだろう。それは単なる依存《いそん》に過ぎない」

「――ビースト……」

それは違《ちが》います――力いっぱい大きな声で言いたくなったけれど、しかし実際にはどうなのだろうか。本当に、「違う」と言えるのだろうか？

この一年間、毎晩通ってきてくれるのが別の誰かだったら？　ハンサムな狩人《かりゅうど》や、心優しい娘《むすめ》さん、或《ある》いは人間ですらなく、エルフや魔法使《まほうつか》いだったら？

その人が優しくて、一緒にいて愉《たの》しければ……それだけで自分は彼らを好きになり、世界で一番一緒にいたい相手だと思うのだろうか。

見つめられたり見つめたりしたくなり、性の悦《よろこ》びを分かち合いたくなって、恋ではないかと悩《なや》むのだろうか。

「違います！　他《ほか》の誰かだったらどうなるかなんて、考える必要はないと思います！　それはただの仮定であって、現実ではないからです。この一年間……僕に会いにきてくれたのは貴方だけでした。それは紛《まぎ》れもない現実です！」

「スノーホワイト……落ち着きなさい」

「お互《たが》いが望んだから会えたんです。僕に会いたいから貴方は獣《けもの》の姿で塔を登るし、僕は髪《かみ》の毛を使って引っ張り上げる。そうやって会っているうちに好きになることが、そんなにおかしなことですか？　他の誰も貴方のように僕に会いにきたりしないのに、それでも貴方は、他の誰であろうと一緒だって……そう言うんですか？」

クロウはビーストの問いに対する自分なりの答えを見出《みいだ》し、反論しながらより強固に想《おも》いを固めていく。

やはりこれは、恋《こい》と呼ぶべきものだ。

ただの依存ではなく、ときめきを伴《ともな》う心がある。そして肉欲《にくよく》もある。

正気ではない時の彼を髪で拘束《こうそく》しながら、裸体《らたい》や性器その物を盗み見て……目に焼きつけた物を夢の中で何度も蘇《よみがえ》らせてきた。

貪《むさぼ》るような口づけをしながら、ビーストの奮い立つ性器を後孔《こうこう》に迎《むか》え、とても幸せな気分になって……けれども目が覚めてしまい、ああ夢だったのか……と、酷《ひど》く悲しくなるのだ。

仕方なく自分の指を挿入《そうにゅう》して、疼《うず》く体を慰めることもあった。

触りたいと思ったのはいつからだったか、舐《な》めしゃぶりたいと思ったのはいつか、はっきりとは憶《おぼ》えていないけれど、他の誰でもない――毎晩自分に会いにきてくれて、熱っぽい視線で見つめてくれる彼を好きになったから……彼の性器だからしたいのだ。

黒い剛毛《ごうもう》の中から垂れている生々しい器官を、奮い立たせて硬くしたい。

ビーストの体から出る濃厚《のうこう》なミルクを……精液を、欲《ほっ》してやまない。

「僕の想いを否定しないでください。どうか、僕を貴方の恋人に……」

「夜明けまで時間があるが、今夜はもう帰る。少し頭を冷やしなさい」

「ま、待って……待ってください！」

ビーストは椅子《いす》から立ち上がると、片方だけ嵌《は》めていた手袋《てぶくろ》から指を抜《ぬ》く。

クロウが作った手袋も、これまで使っていた物も、きちんと揃《そろ》えて机に置いた。

そしてクロウに背を向け、いつものように赤いマントの紐《ひも》を解く。

「待って、まだ行かないで……！」

いくら声を上げても、彼の足は止まらなかった。

扉《とびら》が閉じている小窓に向かって歩きながら、裾《すそ》の長いマントをバサッと脱《ぬ》いで身を屈《かが》める。

彼が自ら裸体を晒《さら》すのは、帰り際《ぎわ》の一瞬《いっしゅん》だけだ。

「ビースト……待って、お願い！」

いつもと同じ光景でありながらも、小窓の先の空の色が違っていた。

東の果てすら濃《こ》い闇《やみ》のままなのに、彼は去ろうとしている。

「ごめんなさい……もう何も言わないから……待って」

「手袋、ありがとう。明日の晩から使わせてもらおう」

すぐにまた来るという約束の言葉を置いて、ビーストは黒い獣になる。

姿を変えるのは、窓枠《まどわく》を蹴《け》って全身を宙に投げだしてからだ。
真下にある茨《いばら》を避《さ》け、上手《うま》く着地するのも慣れたものだった。
少し走ってから一旦《いったん》止まって、塔《とう》の小窓を見上げる仕草も変わらない。
見送るクロウを、血の色になった瞳《ひとみ》で見つめ、名残惜《なごりお》しげに森の中に消えていく。
姿形が獣に戻《もど》っても、帰り際の彼は、来る時の彼とは明らかに違った。
すべていつも通り——空の色以外は、何も変わらない。
「……う、ぅ……っ」
余計なことを言わなければ、あと数時間は一緒にいられたはずだ。
失った時間を思うと胸が苦しくて張り裂《さ》けそうで、涙《なみだ》が止まらなかった。
伝えたいことを伝えることができたのに、去られた悲しみが後悔《こうかい》の念を強くする。
そう考えると、再び迷いが生じた。
自信がなくなり、ゆらゆらと気持ちが揺《ゆ》らぐ。
自分はやはり、ただ淋《さび》しいだけなのだろうか。
一緒にいてこの孤独《こどく》を慰めてくれる相手なら、誰でもよかったのだろうか——。

5

クロウがビーストに告白をしてから一週間が経過したが、二人の関係は何も変わらなかった。変わったのは彼が使う手袋と、黒い森に積もった雪の大半が溶《と》けて、緑の面積が増えたことくらいだ。

もう一度でも二度でも、何度でも、「貴方が好きです」と言いたくて仕方ないクロウだったが、恋心《こいごころ》を匂《にお》わせると彼が早く帰ってしまうと思うと恐《おそ》ろしく、何も言えない日々を送っている。

自分の気持ちを疑って勇気と自信を失ったこともあり、もう一度告白して気持ちを確かめたい思いとは裏腹に、このまま師と弟子《でし》のような……或いは年の離《はな》れた友人のような関係でいるのが一番ではないか——と、臆《おく》するばかりで進めなかった。

「その服、一度も見たことがないな。新しい服が届いたのか？」

ビーストはいつも通りクロウの真横に座り、マントに付いたフードで顔を隠《かく》しながら視線を向けてきた。

クロウの子守歌《こもりうた》で正気を取り戻した時点から今夜の服に注目していた様子だったが、実際にそのことに触《ふ》れたのは数時間後の今だ。

「はい。今朝塔の下を覗《のぞ》いてみたら、また木箱が置いてあったんです。いつも通り、まったく飾《かざ》り気のない箱なんですが……中身は絹のクッションを敷《し》き詰《つ》めた素敵《すてき》な宝箱でした。新しい本が十冊と、あとは洋服……下着に石鹸《せっけん》、それにパンとチーズとバターと……お菓子《かし》や茶葉もたくさん」

クロウはカイル王太子から届けられた贈《おく》り物の内容を語り、書物の題名を書き写した用紙をビーストに見せた。

いつもこうして見せるのだが、これまで、「読んだことがありますか？」と訊《き》いて、彼が否《いな》と答えるのを聞いたことがない。

「すべて恋愛《れんあい》ものだな。もちろん男女の正しい恋愛だ」

「——っ、そう……なんですか。まだ読めていなくて」

やはりすべて読んだことがあると答えたビーストが、「正しい恋愛」などと言うので、クロウの心臓は窮屈《きゅうくつ》な痛みを覚える。

あれ以来ずっとビーストへの恋心について考えてきたクロウにとって、これは再びそういった話をする機会ではないのだ。むしろその逆だった。

同性を好きになることは不自然なことで、外の世界に出れば女性に恋心を抱《いだ》くから……今の誤った考えを改めなさい——と、偶然《ぐうぜん》だが、ビーストとカイル王太子の二人から同時に釘《くぎ》を刺《さ》された気がする。

「恋愛ものと呼べるような本は、ほとんどなかったのに……急にどうしたんでしょう。いつもなら十冊中、一冊か二冊なのに」

「おそらく君が十七歳になったからだろう。いつか女性と正しい恋をして結婚《けっこん》し、その女性とベッドで何をするのか、詳《くわ》しく知っていてもよい年頃《としごろ》だ」

ビーストの言葉に、クロウは何も答えなかった。

いつも通り「はい」と答えようと思っても、言葉が出てこない。

そんなに「正しい」「正しい」と強調され、男女の正しい恋愛と比べられて断罪されなければならないほど、自分の恋《こい》は間違《まちが》っているのだろうか。

「男女の恋愛は、そんなに正しいものですか？」

「当然だ。本を読んで、しっかり学びなさい」

今、どんな顔をしてそう言っているのか——フードに隠れて表情が見えないことが悲しい。

そして今日は、隙《すき》を見せても彼の視線が顔に向かってこなかった。

実はビーストも自分に知らず知らず恋をしていて——告白されたことでその意識が高まり、横顔をじっと見つめることや、恋心を認めることを恐れているのでは……という考えは、自惚《うぬぼ》れが過ぎるだろうか。

いつまでも毛深さを気にして己《おのれ》を晒してくれないビーストは、その心まで隠しているのではないかと疑ってしまう。彼が向けてくるのが恋心ではないのなら、どうして毎晩大変な思いをして塔を登ってくるのか……そして懸命《けんめい》に教育してくれるのか、まったく説明がつかない。

理性を失った状態の彼と、理性的な彼——その両方を動かすほどの想《おも》いがあるなら、それはもしかしたら特別な感情ではないかと、少しくらい期待しても罰《ばち》は当たらない気がする。

「——恋に悩《なや》んでいたら恋愛の本をたくさんくださるなんて、お兄様は、僕のことをなんでもお見通しみたい」

「カイル王太子は君の兄なのだから……当然だろう？　それに彼は君より十年先を生きている。自分が十七歳の頃《ころ》を思いだしながら本を選んだのだと思うよ」

「僕がいつかお城に戻って……女性を好きになって、結婚して、子供を作る。それがお兄様の望みなんでしょうか？」

クロウの問いに、ビーストはすぐには答えなかった。

フードから鼻先すら見えないほど俯《うつむ》いている。

そうして随分《ずいぶん》と長い間を取ってから、「そうだと思うよ」と答えた。

「お兄様は間違いなんて何もなさらないし、立派な方なんでしょうね」

「いや、王太子も人間だ。間違うことも悩むこともあるだろうが、努めて理性的に、模範《もはん》的な王太子としての立ち居振る舞《いふ》《ま》いを心掛《こころが》けているという噂《うわさ》だよ」

「そうですよね、お兄様はきっと凄《すご》く……頑張《がんば》っておられるのだと思います」

兄のことは好きだが、もしもこの恋を否定されるなら、城になど行きたくない。

カイル王太子に会いたい気持ちは、ますます薄《うす》らいでいった。

たとえビースト自身に恋心を否定されても、この塔でビーストと過ごしたい。

淋しさと恋を混同しているだけなら、孤独ではない環境《かんきょう》に飛びだしたがるものではないだろうか。今の自分は、他《ほか》の大きな愉《たの》しみに背を向けて、ビーストと共に過ごす日々を選んでいる。

それでも恋ではないと、彼は言うのだろうか。

もしも今の気持ちを言葉にして訊いてみたら、ビーストはきっと、「君はここを出て新しい世界に飛び込むのを恐れているだけだ」と答えるだろう。

何を言っても理由をつけられ、否定される気がする。

「一日も早く、城に戻れるといいな」

「ビースト……」

「近頃《ちかごろ》、王の心の病が悪化しているそうだ。いよいよ時が来るかもしれない」

ビーストが言う『時』とは、カイル王太子が国王になって力を持ち、クロウの身の安全が保障され、そして城に戻される時だろう。

それは同時に、ビーストとの別れの時でもある。

彼の口から、その時が早く来ることを望む言葉を聞くのは、とても悲しいものだった。

「お父様の心の病、悪いのですか？　どのように？」

「──亡き王妃《おうひ》の遺体は何故《なぜ》か腐《くさ》らず、王は遺体を硝子《ガラス》の棺《ひつぎ》に入れて片時も離さずに過ごしていたが……この一年ばかりで少しずつ腐り始めて、城には腐臭《ふしゅう》が漂《ただよ》うようになった。それでも王は王妃を埋葬《まいそう》しようとはしない。さすがに棺を動かすのはやめたそうだが……」

「それは大変でしたね。たぶん、エルフが消えたから腐ってしまったのでしょう」

「やはりそうなのか……森を囲っていた茨《いばら》もだいぶ朽《く》ちたし、同じなんだな」

「僕の髪《かみ》の力も、そのうち消えてしまいます」

「それまでには必ず、王太子が迎《むか》えにくるよ」

スノーホワイト王妃の遺体が腐らなかった理由も、クロウの髪に魔力《まりょく》が宿っている理由も、ビーストは本当のところを知らない。王妃もクロウもエルフと一緒《いっしょ》に暮らしていた時期があり、彼らに魔力を分け与《あた》えられたからだ——と思っている。

それは嘘《うそ》ではないが、一緒に暮らしていただけでは魔力を得ることなどできない。

母も自分も、青年の姿になった七人のエルフと淫蕩《いんとう》な日々を送り、彼らの精液を飲むことで力を得たのだ。

「僕は、お兄様の迎えを待つしかないんでしょうか」

「まるで迎えがくるのが嫌《いや》みたいだな。カイル王太子のことが嫌《きら》いか？」

「嫌いなわけがありません。お兄様にはとても感謝しています。……でも……お兄様は、少し薄情《はくじょう》な人ではないかと思っています。僕の思い過ごしだといいのですが」

「——っ、薄情？」

クロウの言葉に、ビーストは全身で反応した。

マントに覆《おお》われた肩《かた》や背中を震《ふる》わせるや否や、顔を隠すのも忘れてこちらを向く。蒼玉石の瞳《ひとみ》が円く剝《む》かれ、唇《くちびる》は今にも戦慄《わなな》きそうだった。

「何故、薄情だと思うんだ？　エルフが消えて一年経《た》っても迎えにこないからか？」

ビーストの声は、わずかに震えていた。

クロウは慌《あわ》てて首を横に振《ふ》り、「そのことはいいんです」と前置きする。

「贈り物の木箱を誰《だれ》が置いていくのか、こっそり見ようとしたことがあります。途中《とちゅう》で眠《ねむ》ってしまって置いた瞬間《しゅんかん》は見られませんでしたが……去っていく人達の後ろ姿が少し見えました。どう見てもお兄様ではなく、家臣の方です。お兄様は……贈り物はくれても、手紙を書いてはくれません。僕はお兄様に、『君は私の弟だ。必ず迎えにいくから待っていなさい』と書いてほしかった。いつも荷物を搔《か》き分けて……小さなカードが入っていないかと……探すんです。いただいた本のすべてのページを捲《めく》り、何か挟《はさ》まれていないかと。でもいつも何もありません。お兄様は優《やさ》しくて気配りができて、僕のためにたくさんのお金や人を使ってくれるけれど……お金持ちで、人を使える立場の王太子様です。……だからそれだけではわからない。お兄様の心は、見えるようで見えません。僕を憐《あわ》れんでくれているのは確かだと思いますが、人任せに『適当に何か喜びそうな物を贈っておけ』と、命じているだけかもしれない」

「そんなことはない！　断じてない！」

「……っ、あ……！」

ビーストはクロウが驚《おどろ》いて後ずさるほどの大声で否定すると、髭《ひげ》だらけの顔を両手で覆う。クロウが縫《ぬ》った子羊の革《かわ》の手袋《てぶくろ》をした手で、目も眉《まゆ》もすべて覆って机の上に突《つ》っ伏《ぷ》した。

「――違《ちが》う、断じて違う！」

「ビースト……？」

「手紙に、綴《つづ》れない気持ちが……王太子には、あったのかもしれない。君を愛し過ぎていて、書いては破り、また書いては破って……心の中にある気持ちを、文字になどできず……会える日だけを夢見ていたのかもしれない。私も似た経験を……したことが、あるから……王太子の気持ちが、わかる気がする」

ビーストは突っ伏しながら涙声《なみだごえ》になっていき、終《しま》いには泣いていた。

彼が泣くのは一年ぶりだ。あの時のように、自分の姿を恥《は》じながら泣いている。

「――誰ですか？　貴方《あなた》には、愛する人が……いるんですか？」

ビーストをこんなにも苦しませる人は誰なのか――想像しようにも、そういう存在がいると思うだけで心臓が潰《つぶ》れてしまいそうだった。

自分以外の誰かを、彼は今でも愛しているのだろうか。

その人に会えず、泣くほど苦しいのだろうか。

「カイル、王太子は……君に会えない自分の立場を嘆《なげ》くばかりで、肝心《かんじん》の君の気持ちに対する配慮《はいりょ》が足りなかったのだろう。手紙を書くことさえつらいなどというのは……一方的な都合だ。

待つ身の君のことを考えるなら、たとえインクが涙で滲《にじ》もうとも、約束を形にする手紙を出すべきだった。君の兄として堂々と手紙を書いて、不安な君を少しでも安心させるべきだった。彼は間違《まちが》っていたんだ。無力なだけではなく、君が言う通り……薄情な男だ」

ビーストは自分が愛した人については語らずに、カイル王太子の気持ちを代弁した。

顔を強く押さえつけ、俯いたまま泣き続ける。

その苦しげな嗚咽《おえつ》に、クロウは自分が彼を如何《いか》に傷つけたかを知った。

「ごめんなさい、ビースト。僕の方こそ、思うようにいかないことがあって悲しくて……何も悪くないお兄様に八つ当たりをしてしまいました。そのことで、貴方まで傷つけてしまうとは思わなくて、本当に……ごめんなさい」

クロウはビーストの背中をマント越《ご》しに撫《な》で、何度も謝った。

そうしているうちに声が上擦《うわず》り、隣《となり》で啜《すす》り泣いてしまう。

「お兄様のこと、本当に……酷《ひど》く言ってしまいました。忘れてください」

クロウは涙声を隠《かく》さずに、もう一度改めて、「ごめんなさい」と告げた。

手紙やメッセージカードくらい書いてくれてもいいのに……と、兄に対して密《ひそ》かに思っていたのは事実だが、そんな贅沢《ぜいたく》な気持ちを口にするつもりはなかったのだ。

ビーストもカイル王太子も、二人して自分の恋心《こいごころ》を否定してくる——そんなふうに思ったらつい苛立《いらだ》って、陰口《かげぐち》にも等しいことを言ってしまった。

「許してください……貴方まで、傷つけて……」

「──スノーホワイト、君は悪くない」

ビースト以上に泣きじゃくっていると、突然《とつぜん》彼の胸に抱《だ》き寄せられる。

マント越しの胸……手袋越しの手──直接触《ふ》れてくれないことが淋《さび》しいけれど、手は指先に至るまで力強く、筋張った腕《うで》は頼《たの》もしい。

「お願いです……ビースト、今夜は……僕と一緒に……」

重なる胸からビーストの鼓動《こどう》が伝わり、クロウはこらえ切れずに彼の背に縋《すが》る。

愛し合う男女がベッドの上で体を繋《つな》げるように、彼と繋がりたかった。

けれども、そんなことを求めたら彼は去ってしまうだろう。

「頭を冷やしなさい」と言われるのも、夜明けまで独りで過ごすのも耐《た》えられない。

「君はただ淋しいだけ」「君は性に目覚めて、肉欲《にくよく》に溺《おぼ》れているだけ」──そんなふうに、この気持ちを否定されるのも嫌だ。耐えられない。

「お願いです……添《そ》い寝《ね》を、してください」

「スノーホワイト……」

「近頃、眠れなくて」

クロウは赤いマントをぎゅっと握《にぎ》りながら、「お願い」と訴《うった》える。

返事はなかなかもらえず、抱き締《し》められた恰好《かっこう》では表情も見えなかった。

ただ……きっとよい返事がもらえると信じていた。

重なった胸から伝わる鼓動は驚くほど速く、とても大きく感じられたからだ。

普段《ふだん》はビーストとの時間を塔《とう》の最上階で過ごしているクロウは、彼を八階に案内し、天蓋《てんがい》の付いたベッドに横たわる。

室内は無数の蠟燭《ろうそく》の灯《あか》りで照らしだされ、壁際《かべぎわ》の小さな円卓《えんたく》の上に積まれた林檎《りんご》が瑞々《みずみず》しい香《かお》りを漂《ただよ》わせていた。

「……どうしても、隣に寝てくれないんですか？」

クロウの問いに対して、彼は何も答えなかった。

ベッドに椅子《いす》を寄せて座り、手袋をしたまま手を握り合うだけだ。

それでもクロウは幸せだった。

たとえ今までの関係と何も変わらないままこうしているのだとしても……心のどこかで一歩進めた気がして胸が高鳴る。

ビーストを寝室《しんしつ》に招いたことは過去に一度しかなく、一年近く前のことだった。

その時は、塔の内部を見たいという彼に、すべての階を案内するに終始した。

しかし今は違う。

ただ通り過ぎるのではなく、しっかりと手を握り合いながら同じ時間を過ごしている。

いくら見つめても見つめ返してはくれないが、それでも手指は絡《から》み合い、互《たが》いを求めている。

「カイル王太子の肖像画《しょうぞうが》……ずっとここに飾《かざ》ってあるんだな」

ビーストの問いに、クロウはこくりと頷《うなず》いた。

しかし彼の視線は肖像画に向いていたので、「はい」と口で答える。

ビーストの視線も表情も、実際にはフードに隠れて見えないが、どうやら肖像画に釘《くぎ》づけになっているようだった。

「以前は、毎晩必ずお兄様の唇にキスをしてから眠りました」

「肖像画に、キスを？」

「はい……僕はカイル王太子の噂《うわさ》を聞いて、淡《あわ》い恋心を……抱《いだ》いていたんです。兄だとは知らなかったし、自分を貧しい家の出の子供だと思っていましたから、決して手の届かない素敵《すてき》な王子様に憧《あこが》れていました。遠い人だと感じる気持ちは、今も変わりません。お兄様は絵の中の人と同じです。とても綺麗《きれい》で素晴《すば》らしい方だけれど、凄《すご》く遠い人……」

今こうして傍《そば》にいてくれる貴方が好きだと、そう言いたかった。

口にすれば出ていってしまうのがわかるから、せめてとばかり、指に力を込める。

手袋を外して直接肌《はだ》に触れたかったが、カイル王太子の肖像画から視線を外さない彼を見ていると、無体な要求はできなかった。

憧れていたという発言についても、クロウはすでに後悔《こうかい》している。

容姿に劣等感《れっとうかん》を持つビーストの前で、国一番の美男に対する恋心を匂《にお》わせるのは——たとえそれが過去の話であっても残酷《ざんこく》だ。

またしても今の気持ちを疑われ、「本当は美しい男が好きなはずなのに、淋しいから身近な男を好きになった気でいる」と、言われてしまうかもしれない。

挙げ句の果てにどちらも禁忌《きんき》だからと眉《まゆ》を顰《ひそ》められ、「君はこの国のために、隣国《りんごく》の王女と結婚《けっこん》するべきだ」と諭《さと》されるのだろうか。「同性ばかり好きになる君は間違っている。男女の正しい恋を学ぶべきだ」と、きつく叱《しか》られるのだろうか。

「スノーホワイト……君は、女性よりも男性が好きなのか？」

肖像画から視線を外したビーストは、今度はベッドサイドに目を向ける。

そこには、カイル王太子の使者が届けてくれた本があった。

すべての本に同じ革のカバーが掛《か》けられ、題名が金で箔押《はくお》しされている。

恋愛《れんあい》ものだと言われてから見ると、どれもこれもそれらしい題名だと思えた。

「——はい。ここにある本をすべて読んでも、僕はきっと、素敵な男性に恋をする女性に感情移入して読むばかりだと思います。これまでもそうでした。魅力《みりょく》的なヒロインが登場しても、彼女と恋がしたいとは思いません。ヒロインの立場になって……ヒーローに愛されたいと思うばかりです」

「それは、君が女性に会ったことがないからだ」

「ビーストは……女性が好きなんですか？　女性しか、好きになれませんか？」

「――ッ」

クロウはビーストの手を握って放さず、目を合わせてもくれない彼に問う。

ほんの少し間を置いてから、彼は「当たり前だ」と答えた。

声は通常よりも大きいにもかかわらず、少し震《ふる》えている。

その震えが、クロウには明るい希望として感じられた。

真実を隠しているような、或《あ》いは認めたくなくて無理やり否定しているような、そういった印象を受けたのだ。

ビーストも自分を好きでいてくれていて、しかし禁忌の恋を簡単には認められない道徳心が働いているだけなのではないだろうか。

そんなふうに都合よく期待する気持ちを止められない。

「女性に会ったことがないから、男性に恋をするわけではないと思います」

「そんなふうに言い切れるだけの経験を君はしていない。まだ子供だ」

「僕は貴方《あなた》が思っているほど子供ではありません。体は……エルフの魔力《まりょく》の影響《えいきょう》で本来の年齢《ねんれい》よりも幼いし、そのわりに髪《かみ》は長いし、たぶんみっともない、おかしな姿なんだと思います。でも恋はできます。好きな気持ちを認めることもできます」

ビーストの反応や小さな間に希望を見出《みいだ》してしまったクロウは、彼の心に無理やり踏《ふ》み込んではいけないと思いつつも、強く迫《せま》ってしまう。

身を起こし、握っていた手から手袋《てぶくろ》を脱《ぬ》がした。

びくりと反応する彼の手に指を重ねて、手の甲《こう》に生えた毛を撫《な》でる。

「物語の中の素敵なヒーローと恋をしていても、キスをするシーンや……裸《はだか》になって愛し合うシーンでは、ヒーローを貴方に置き換《か》えてしまいます。貴方はいつもそうやって……マントで姿を隠《かく》しているけれど……僕は毎日、完全な獣《けもの》の貴方と正気ではない獣人の貴方を見ている。この髪の毛で貴方の体を縛《しば》りつけた状態で、子守歌《こもりうた》を聞かせながら……逞《たくま》しい胸や、背中や、立派な性器を見つめているんです」

「スノーホワイト、やめてくれ……それ以上、もう何も言わないでくれ！」

「貴方には獣の時の記憶《きおく》も獣人の時の記憶もあるから、本当は知っているんでしょう？　僕の視線や願望に、本当は気づいていたんでしょう？　僕は貴方が帰ったあとに……このベッドで貴方の性器の形を思いだせるようにと思って、毎晩じっくり見ています。貴方に抱かれたくて満たされない体を、自分で慰《なぐさ》めています」

クロウの言葉に、ビーストは真っ青な顔をして目を剝《む》いていた。

フードが後ろに落ちても気づかずに、全身をぶるぶると戦慄《わなな》かせる。

顔中の筋肉が引き攣《つ》り、目の周りが痙攣《けいれん》していた。本当に酷《ひど》い顔色だ。

胸が塞《ふさ》がれそうなほど痛々しいビーストの表情を見つめながら、クロウは彼の手に頬《ほお》を寄せる。ここまですべてを曝《さら》けだしてしまった以上、いまさら引くことなどできなかった。

「初めて会った夜に、どうして貴方に身を任せなかったのか……心の底から悔《く》やんでいます。あの時のように熱い口づけをしてほしいし、性器を舐《な》めてほしい」

「やめなさい……！　スノーホワイト、いい加減にしてくれ！」

ビーストは椅子から立ち上がって自分の耳を塞ごうとしていたが、クロウは絶対に放さないとばかりに彼の手を握《にぎ》り続ける。

膝《ひざ》がベッドマットから落ち掛けても、彼の手を自分の胸に引き寄せた。

「ビースト、何よりも僕が……貴方の性器に触《ふ》れたくて仕方ありませんでした。硬《かた》く勃起《ぼっき》した貴方の性器を舐めて、しゃぶって……それで、ミルクを……いえ、精液を飲みたくて、いつも飢《う》え渇《かわ》いていました。体も、自分の指で弄《いじ》っても満たされなくて、いつも飢えています。僕のお尻《しり》の奥の一番気持ちいいところを、貴方の指や性器で突《つ》いてほしくて……毎晩、体が疼《うず》いてたまらないんです」

涙《なみだ》を迸《ほとばし》らせながら訴《うった》えたクロウは、羞恥《しゅうち》と興奮で顔を赤く染める。

こんな慎《つつし》みのない言葉を口にしてはいけないことも、ビーストに呆《あき》れられることもわかっているのに、彼の理性を突き崩《くず》し、本音を暴《あば》きたい衝動《しょうどう》に勝てなかった。

彼はきっと、欲望《よくぼう》を孕《はら》んだ気持ちを自分に向けてくれている。

同じような恋情《れんじょう》を抱きながらも、認められずにいるだけなのだ。

いつも注がれていた熱い視線は、勘違《かんちが》いではない。そう信じている。だからこそ、ここまですべてを言葉にして求めているのだ。ビーストの心の城壁《じょうへき》はとても頑強《がんきょう》で……体当たりで攻《せ》め込まなければ亀裂《きれつ》すら入れられそうにない。

「貴方のことが好きなんです。恥《は》ずかしいことで、頭がいっぱいになるくらい……」

「何故《なぜ》だ？　何故、精液が飲みたいなどと、そのようなことを」

春情に染まったクロウとは真逆に、ビーストの肌は青白いヴェールを一枚被《かぶ》せたかのように青かった。唇《くちびる》からも色がなくなり、白眼《しろめ》ばかりが血走って赤く見える。

「まさか……口にした経験が、あるのか？」

「――っ、それは……」

「この塔《とう》に、そのような卑猥《ひわい》な行為《こうい》について書かれた本はないはずだ。何故だっ、何故そんな行為を思い描《えが》くのだ？　ここに他《ほか》の男が通ってきているのか⁉」

「いいえ、いいえ！　違《ちが》います！」

ビーストに不義を疑われ、さらに手を振《ふ》り払《はら》われたクロウは、即座《そくざ》に否定しながらエルフの言葉を思いだす。

自分が幼い頃《ころ》からしてきた行為は、たった一人の愛する人とだけするべき行為――。

この一年間たくさん本を読んできたので、エルンストの最期《さいご》の言葉の意味もよくわかる。

七人のエルフとしてきたことが、他者には秘《ひ》めるべき、特異な行為だということも理解していたが、あれは不義に相当するようないやらしいものではないとクロウは思っていた。ただの食事か、戯《たわむ》れだ。

「スノーホワイト、答えなさい！　君はここに他の男を引き入れているのか!?」

烈火《れつか》の如《ごと》く怒《いか》るビーストの顔には、明らかに嫉妬《しっと》の念が表れていた。

問い詰められたクロウは、焦《あせ》りながらも喜びを感じる。

恋には嫉妬や独占欲《どくせんよく》がつきもので、恋敵《こいがたき》の登場によって恋心を自覚することもあるという。

不義を疑われるのは嫌《いや》だが、彼が恋心を認めてくれるまで、あと少し、本当にあと少しだと思えた。

「違います。僕は貴方以外の男性に興味を持ってはいないし、ここに来てくれるのは貴方だけです。ただ、七人のエルフのミルクを、いえ……精液を飲んで育ちました」

「——ッ、エルフの？」

「はい。エルフにとっては特別なことではなくて、人間とは感覚が違うから……でもちゃんと最期に教えてくれました。これから先は、本当に好きな人の精液しか飲んではいけないって。飲ませてもいけないって教わりました。唇を合わせることも肌《はだ》を合わせることも、裸を見せることも全部、一番好きな人とだけしなさいって——そう言われて、僕は妄想《もうそう》の中でもその言いつけを守っています。ビースト、貴方だけです。貴方でなければ嫌だって、思っています」

「――まさか、そんな……」

クロウが話せば話すほどビーストはベッドから離《はな》れていき、首を横に振った。戦慄き続ける唇からは、「神よ……」と、苦しげな声が漏《も》れる。

続いたのは、「嘘《うそ》だと言ってくれ」という言葉だった。

塔の八階の壁際《かべぎわ》まで後退したビーストは、円卓《えんたく》にぶつかり、その上に置いてあった林檎《りんご》を籠《かご》ごと床《ゆか》に落とした。

同時に果物用のナイフも落ちて、金属的な高い音が響《ひび》く。

傷ついた林檎から、熟した果実の甘酸《あまず》っぱい匂《にお》いがした。

沈黙《ちんもく》の時間はそれほど長くはなかったが、ビーストの言葉を待ち詫《わ》びるクロウには、新鮮《しんせん》な林檎が腐《くさ》ってしまいそうなほど長い時間に感じられる。

「君を育てた、七人のエルフは……子供の姿を……していたはずだ。五つや六つ……精々それくらいにしか見えなかった」

ようやく真っ当な声を出したビーストは、林檎の芳香《ほうこう》の中で自身の髪を摑《つか》む。

半ば頭を抱《かか》えるようにして、「どういうことなんだ!?」と、再び声を荒《あら》らげた。

「彼らは、本当は二百歳近くて……エルフ達に聞いた話によると、魔力の中でも、特に若さを司《つかさど》っているそうです。だから本来の姿は二十歳《はたち》くらいの青年でした」

「あのエルフ達が、青年？」

「はい……ビーストほどではないけれど、背が高くて逞しい青年です。ただ……大人の姿だと何かと不便で……服を作る時に生地《きじ》が勿体《もったい》ないとか、家が狭《せま》くなるとか、そういった理由から、子供の姿で暮らしていました。あの……でもどうか、エルフとのことを誤解しないでください。あれは、食事のようなもので……」

「──ッ、スノーホワイト……あぁ……」

ビーストは頭を抱えて慟哭《どうこく》すると、林檎が散らばる床に沈《しず》み込む。

彼のすぐ近くにナイフが転がっていたため、クロウは反射的に髪《かみ》の毛を動かした。

彼の膝にでも刺《さ》さって、怪我《けが》をしたらいけないと思ったのだ。

床に這《は》っていた毛先をナイフの柄《え》にシュルッと絡《から》め、円卓の上に戻《もど》そうとする。

すると突然《とつぜん》、ビーストがナイフを摑んだ。

クロウの髪ごと引っ摑み、涙で濡《ぬ》れた顔を上げる。

「この髪に……魔力《まりょく》が宿って、こんなに伸《の》びたのは……っ」

「ビーストッ、目の色が！」

途切《とぎ》れ途切れに声を振り絞《しぼ》りながら、ビーストはクロウの髪をナイフの柄から引き剝《は》がす。

悲憤《ひふん》に染まった瞳《ひとみ》は、子守歌を聴《き》かせる前の状態に近くなっていた。

完全な赤ではないが、青と混ざり合い、斑《まだら》に見えたり赤に戻ったり青くなったり、紫《むらさき》のようにも見えたりと、変化を繰《く》り返している。

「――っ、遺体が十数年もの間、腐らなかったのは……！」

「ビースト……？」

ベッドの上で動揺《どうよう》したクロウは、子守歌《こもりうた》を歌うべきだと思ったが、怖《こわ》くて声が出なかった。

呼吸すら儘《まま》ならず、喉《のど》を塞がれたように苦しくなる。

「騙《だま》されて……いたのか。私は真実を何も知らず、何も気づかずに……七人のエルフを善良な者だと信じていた！　仮初《かりそめ》の幼い容姿に騙され、私も父も……愛する者を悪《あ》しき輩《やから》に近づけていたのか⁉」

ビーストは裸足《はだし》のまま林檎を踏《ふ》み潰《つぶ》し、果汁《かじゅう》の匂いを撒《ま》き散らしながら戻ってくる。

あまりの怒号《どごう》に震《ふる》えたクロウは、彼が言っていることの半分を理解できなかった。

口からは勝手に、「やめて……！」と拒絶《きょぜつ》の言葉が漏れる。

これから彼に、何かとても恐《おそ》ろしいことをされる予感がした。

「許さん……っ、エルフ共め、よくも、よくもふざけた真似《まね》を……！」

ビーストは右手にナイフを、左手にクロウの髪を摑みながらベッドの横に立つ。

最初は毛先の方を摑んでいたが、果ては顔に近い部分を摑み直した。

「い、あぁ……嫌、痛い……放して！」

ベッドに座っていられないほど髪を引っ張り上げられたクロウは、狩《か》った兎《うさぎ》のような扱《あつか》いに恐怖《きょうふ》する。痛くて怖くて、ぼろぼろと涙が溢《あふ》れた。

「忌々《いまいま》しい、こんな髪……こんな、魔女《まじょ》のような髪！」

目の前に聳《そび》え立つ長身の男は、青い瞳の穏《おだ》やかなビーストではなく、かといって、子守歌を聴かせる前の彼でもない。

瞳の色は完全な赤に戻り、白眼は憤怒《ふんぬ》によって充血《じゅうけつ》していた。

鳥肌《とりはだ》が立つほど恐ろしい顔をしながらも、止め処《ど》なく涙《なみだ》を流している。

「奴《やつ》らの劣情《れつじょう》を吸った髪など、こうしてくれる！」

「い、痛い……放して……！」

揺《ゆ》らめく蠟燭《ろうそく》の炎《ほのお》を受けて、ナイフが光る。

髪を強く引っ張られて頭皮が痛むあまり、クロウは頭上で何が起きているのかを認識《にんしき》し切れなかった。ただ、ザクザクと奇妙《きみょう》な音が聞こえてくる。引き攣《つ》る頭皮が少しずつ楽になって、がくん、がくんと、数段階に分けて頭の位置が下がった。

視界に入り込むのは、切断されて舞《ま》い散る髪だ。

自分が彼に何をされたか、クロウはようやく理解する。

エルフがミルクと呼んでいた精液を飲んで、異常に伸びた長い髪――魔力を秘め、この塔で生活するのに必要不可欠な髪だ。それが今、容赦《ようしゃ》なく切られていく。

「あ、ああ……や、嫌……ぁ……！」

この一年間クロウが最も恐れていたのは、髪に宿した魔力を失うことだった。

魔法が使えなくては、獣《けもの》のビーストを塔の窓まで引き上げることができない。獰猛《どうもう》な状態の彼を拘束《こうそく》することも、子守歌を聴かせて理性的な彼に戻すこともできなくなる。即《すなわ》ちもう二度と、彼に会えなくなるということだ。

「あ、あ……あぁ、ぁ……あ——ッ!!」

信じられないほど頭が軽くなった瞬間《しゅんかん》、クロウは絶望に泣き叫《さけ》ぶ。

髪の魔力は失われていなかったのに、ビーストの手で断《た》ち切られてしまった。

結果は同じことだ。もう二度と、獣の彼を引き上げられない。

泣き噎《むせ》ぶクロウの視界の中で、切り落とされた髪が発光する。

一年前、エルフが消えた時と似た現象だ。

床やシーツを覆《おお》い尽《つ》くしていた圧倒的《あっとうてき》な黒が、透《す》き通って色を失う。

果ては銀色の鱗粉《りんぷん》のような物に変わって、キラキラと消えてしまった。

十七年間、一度も切ったことのない髪。第三、第四の手として一緒《いっしょ》に生きてきたものが光になって、エルフと同じ世界に旅立っていく。

「髪が……っ、僕の髪が！　魔法が使えないと貴方《あなた》に会えないのに！」

「黙《だま》れ！　私はもう二度と現れない！　こんな醜《みにく》い男のことは今すぐ忘れろ！」

「ビースト……ッ、醜いなんて言わないでください。僕は貴方が好きです！　貴方に恋《こい》をしています！　どうしてそれがわからないんですか!?」

「君は誇《ほこ》り高き王子だ！　このような浅ましい獣のことも、幼い君を穢《けが》した忌々しいエルフのことも忘れて……っ、君を愛する兄の迎《むか》えがくるのを待っていろ！　彼はこれまであまりにも無力だった。愚《おろ》かだった！　だが……今度こそ必ず……たとえ王に逆らおうとも、必ずや君を迎えにくるはずだ！」

「お迎えなんて要《い》らない。僕は、貴方さえいてくれれば……！」

「気の迷いだ！　今の私に恋などするはずがない！　君はおかしい、絶対におかしい！　心も体も病《や》んでいて、孤独《こどく》で欲求不満《よっきゅう》なだけだ！」

床を這う髪が消え、いくらか広く見えるようになった部屋の中で、ビーストは勢いよく踵《きびす》を返す。潰れた林檎を蹴散《けち》らしながら、螺旋《らせん》階段に向かっていった。

「待って……待って！　お願い、ビースト……ッ、僕を信じて！」

おかしいことなんて何もない。貴方が恥《は》じている体毛も、醜いと嫌《きら》っている顔や体も全部が恋しくて、もっと触《ふ》れたいと思っているのに……どうしてわかってもらえないのだろう。

唇《くちびる》や肌《はだ》を合わせたら、この想《おも》いが伝わるはずなのに——。

「う、ぅ……ビースト……ビースト……ッ」

待って、待って——声にならない声で叫びながら、クロウは彼のあとを追う。

八階を出て、各階を囲むように繋《つな》がっている螺旋階段を駆《か》け上がった。

主に食堂として使っている九階の横を抜《ぬ》け、最上階に転がり込む。

「ビースト……！」

急いだにもかかわらず、彼の姿はすでになかった。

小窓の扉《とびら》が開いた先に、夜空が見えるばかりだ。

青い瞳の彼も、赤い瞳の彼も、黒い獣の彼もいない。

マントと手袋《てぶくろ》が落ちていて、まるでエルフが消えた時のようだった。

もうここへは来ないと言うなら、消えたと考えるべきなのだろうか。

そんなふうに思い込んで彼を忘れ、兄の迎えを待てたら楽だけれど……それでは心が死んでしまう。恋心《こいごころ》を理解してもらえず、最後の最後まで「君はおかしい」と一蹴《いっしゅう》されたままでは、とても終われない。それでは彼も自分も救われない。

孤独による依存《いそん》や、ただの欲求不満として片づけられるのは御免《ごめん》だ。

ビーストの中にある激しい劣等感《れっとうかん》と、高い自尊心。酷《ひど》くバランスが悪く、自身を恥じて憎《にく》むような苦しい感情を、どうにかしたい。

雪や氷を掌《てのひら》で包んで溶《と》かすように、凍《い》てついた彼の心を溶かして……その姿でも十分貴方は素敵《すてき》なのだと伝えたい。

彼の声、話し方、知性溢れる美しい文字、優雅《ゆうが》な物腰《ものごし》、この国の平和を願う真摯《しんし》な気持ちと、底知れない苦悩《くのう》と影《かげ》……。そして密《ひそ》やかに注がれる、優《やさ》しくて熱い眼差《まなざ》し。そういったものに惹《ひ》かれるうちに、ビーストの姿形も愛《いと》しくなった。

彼の瞳には愛情があり、自分はそれを真っ直《す》ぐに受け止めたのだ。

愛してもらえたからこそ膨《ふく》らんだ気持ちも、確かにある。

愛されている実感は、とても幸福なものだ。

――貴方は認めないかもしれないけれど、僕を愛してくれた。そういう視線を注ぎ、他《ほか》にもたくさん、教育という形で僕を可愛《かわい》がってくれた。それなのに僕は、貴方に愛情を実感させることができなかった。エルフ達とした行為《こうい》に関しても……感情に任せるばかりで上手《うま》く伝えることができなくて……怒《おこ》らせて暴挙に走らせ、ただでさえ苦しんでいる貴方をさらに苦しめる結果を招いてしまった。

クロウは窓から外を見ても見つからないビーストの姿を求めて、溢れる涙を拭《ぬぐ》う。

視界の潤《うる》みが取れて鮮明《せんめい》になっても、やはり彼の姿は見えなかった。

首筋や背中がスーッと冷たく、やけに頭が軽くて妙《みょう》な感覚がある。

恐る恐る髪《かみ》に手を持っていくと、断面がちくちくと当たって肌が痛かった。

ああ、本当に切られてしまった。エルフ達にもらった魔法の髪はもうないんだ――そう思い知ると、どっと涙が溢れてくる。

ビーストにとっては、禍々《まがまが》しく不気味な髪かもしれないが……クロウにとっては愛が籠《こも》った大切な髪だった。劣情や性愛の意味を知った今でも、七人のエルフを嫌ったり軽蔑《けいべつ》したりすることはできない。

ビーストはあのような姿でも人間としての生き方を重んじるが、エルフはエルフであって、同じ尺度で善悪を測れるものではないからだ。

種族の壁《かべ》を越《こ》えて確かなのは、彼らが自分を本当に愛してくれたこと。

十六年もの間、彼らなりに一生懸命《いっしょうけんめい》育ててくれたこと――。

それは揺るぎない事実であり、人間の道徳で悪や罪だと断じることはできない。

たとえこの先、誰《だれ》に何を言われたとしても、自分の気持ちは変わらないだろう。

過去は過去として存在し、愛に包まれていた日々が消えるわけではないのだ。

「ビースト、貴方に会いにいきます。貴方が来てくれないなら、僕から行く」

クロウは前が見えないほど涙を流しながら、ぴくりとも動かない毛先を握《にぎ》る。

ここにいても彼は来ない。

もし来ても、彼を引っ張り上げることはできない。

それならば、勇気を出して地上に下りるしかないのだ。

このままここに居続けて兄を待ったら、自分はビーストではなく兄を選んだことになる。

地位も財力も美貌《びぼう》も、すべてを持つ兄の所に行ったら、ビーストへの気持ちを証明する術《すべ》はなくなってしまう。

――早くしないと。もしもビーストの勘《かん》が当たって、お兄様が迎えにきたら……ビーストはもう僕を信じてはくれない。誤解を解くなら今すぐ解かなければ駄目《だめ》だ。髪の魔力《まりょく》が使えなくなった状態で、この高い塔《とう》で暮らすのは無理だから……迎えにきてくれたお兄様に、「ここで独りで暮らします」と言って我を張るのは難しい。

今のうちに抜けだすべきだと思った。それも今夜中に決行すべきだ。

兄よりも貴方を選ぶということをわかりやすく示し、ビーストの頑《かたく》なな心を解《ほぐ》さなければ、彼は永遠に愛を信じられなくなってしまう。

クロウは涙《なみだ》を拭って駆けだすと、急いで階段を下りた。

八階にある姿見の前に立って不揃《ふぞろ》いな髪を見ても、もう涙は出ない。

鋏《はさみ》を手にして、一番短い髪に合わせてジョキジョキと躊躇《ためら》いなく切り揃えた。

感傷に浸《ひた》っている暇《ひま》はない。もたもたしてはいられないのだ。

髪以外にも、鋏で切らなければならない物がたくさんある。

丈夫《じょうぶ》なシーツを切り、きつく縛《しば》って繋げて、長い長い綱《つな》を作ろう。

もう決めたことに迷いはしない。森に彷徨《さまよ》う狼《おおかみ》を恐《おそ》れたりもしない。

茨《いばら》の壁はこの一年間でさらに崩《くず》れて、最早《もはや》この森は彼ら肉食獣《にくしょくじゅう》にとって特別有益な場所ではなくなっていた。森の外も中も同じことだ。びくびくしていたらいつまで経《た》っても状況《じょうきょう》は変えられず、そうこうしているうちにカイル王太子が来てしまう。

――お兄様……ごめんなさい。お兄様が僕のことを昔から気に掛《か》けてくれたことはわかっています。僕はお兄様が大好きだし、いつか必ずお会いして、直接お礼を言います。

クロウはカイル王太子の肖像画《しょうぞうが》に向かって、心から謝罪した。

彼のことも、兄として深く愛している。ビーストの次に大事な人だ。

――この一年間、僕の傍《そば》にいてくれたのはビーストでした。理性を失った獣《けもの》の姿になっても、僕に会いたいと願い、その一心で毎晩必ずこの塔を登ってきてくれました。彼に会って初めて、僕は自分の意思を持つ大人になったんです。知識だけではなく、恋《こい》をして、気持ちまで大人になれたんです。

ごめんなさい、ごめんなさい――肖像画から視線を外しても、瞼《まぶた》の裏に焼きついている兄に向かって、クロウは繰《く》り返し謝りながら荷造りを始めた。

一年前にここを出ていこうとした時の荷物をそのまま保管してあったので、速《すみ》やかに準備を進めることができた。袋《ふくろ》の中に林檎《りんご》を詰《つ》め込み、九階の食堂に上がって兄からもらった菓子《かし》やパンを入れる。それからまた八階に行ったり、七階や六階から新しいシーツとランプの燃料を持ってきたりと、慌《あわ》ただしく駆け回った。

髪がすっきりと短くなったせいで嘘《うそ》のように身軽に感じることもあれば、なんでも二本の手だけで済ませなければならないことを痛感して、手が足りないという感覚に陥《おちい》ることもある。

――急がなきゃ……夜が明けたらビーストはどこかに隠《かく》れてしまうから……。

彼が森に現れるのは、日付が変わってしばらく経ってから明け方までと知っていたクロウは、ひたすら急いで支度《したく》を済ませた。

シーツを繋げた綱を使って、まずは荷物を地面に下ろす。

そして綱を暖炉《だんろ》に結びつけ、東の空が白み始める前に塔を出た。

壁面《へきめん》がよく見えない状況は怖《こわ》いので、窓枠《まどわく》に小さなランプを置く。

燃料が切れれば勝手に火も消えるため、これなら火事になる心配はない。

ランプのおかげで見えてきた塔の表面は、金属の部分も石の部分も、ビーストの爪跡《つめあと》だらけだった。

事情を知らない人間の目には恐ろしげな物に映るだろうが、クロウにとっては逢瀬《おうせ》の証《あか》しだ。

ビーストが自分に会うために、毎晩必死に登ってきてくれた証拠《しょうこ》の爪跡を辿《たど》って、少しずつ下りていく。

「……っ、う……く……」

自分の体を両手だけで支える行為は、想像以上に困難だった。

ある程度の予想はできていたので、足を休められるよう、綱の結び目は拳《こぶし》大に作ってある。

しかしそこに靴底《くつぞこ》を掛けて休んだところで、両手の負担は大きかった。

無意識に髪の毛に頼《たよ》ろうとするが、髪はまるで反応しない。

仮に動いたところで、何もできないほど短いのだ。

これからは魔法《まほう》に頼らず、普通《ふつう》の人間として暮らすことに慣れなくてはいけない。

「よし、ここまで来れば大丈夫《だいじょうぶ》だ」

塔の上部の鉄板で装飾《そうしょく》された部分が終わると、クロウは明るい声で笑った。

これより下は石が積まれているため、靴の先端《せんたん》を辛《かろ》うじて突《つ》き刺《さ》せるくらいの継《つ》ぎ目がある。

もちろん綱を握っていなければ下りられないが、これまでとは比べようもないくらい両手が楽になった。

――地上に下りたら、まずは東を目指そう。エルフが住んでいた家の場所を僕はビーストに伝えたことがあるし、彼もエルフの家の存在を知っていた。今は誰も住んでいないはずだから、体を休めるのに使っているかもしれない。

いずれにしてもビーストを捜《さが》す拠点《きょてん》が必要だと考えたクロウは、初めて目にすることになるエルフの家を想像しながら、東の空を顧《かえり》みる。

準備にだいぶ時間を食ったが、闇《やみ》の色は濃《こ》かった。

――大丈夫……きっと会える。貴方《あなた》を見たらいつものようにブレスレットを翳《かざ》して……髪で拘束《こうそく》できない分、すぐに歌うよ。貴方が大好きな子守歌《こもりうた》で……いつものように獣から人の姿に戻《もど》してみせる。きっと大丈夫……僕達は上手くやっていける。

クロウは決意も新たに、一段下の継ぎ目に足を掛けた。

塔の壁面に絡《から》んだ蔓薔薇《つるばら》の棘《とげ》を避《よ》けながら、少しずつ下りていく。

エルフの魔力が弱まったせいか、薔薇は一輪も咲《さ》いていなかった。

蔓と棘は乾燥《かんそう》して茶に近い色になり、棘の先は針のように尖《とが》っている。

十分に気をつけていたクロウだったが、利《き》き手の指に棘を刺してしまった。

鋭《するど》い痛みを感じた瞬間《しゅんかん》、反射的に綱から手を放す。

その分、髪《かみ》の毛を綱に絡めて、自重を支えればいいと思ったのだ。

魔法の髪はもうないのに、自分の体を髪に任せようとしてしまった。

「……う、あぁ――ッ！」

「……あ、ッ！」

順境の際に陥る、慣れという名の油断。

当たり前に使えた魔法への依存《いそん》――。

片手だけでは自重を支え切れず、クロウの体は瞬《また》く間に落下する。

最後に目にしたのは、塔の小窓のランプだった。

随分《ずいぶん》と先にあるように見えるそれが、さらに遠くに離《はな》れていく。

どのくらいの高さから落ちたのかわからなかったが、途中《とちゅう》で服が茨に引っ掛かって、何度か落下を止められたのは間違《まちが》いなかった。

落ちた先は枯《か》れた茨の中だ。

「う、うあぁ……ぁ、あ……！」

そこはまるで針の山――衣服も皮膚《ひふ》も、鋭い棘で切り裂《さ》かれる。

完全に地面に落ちたあとは、体よりも顔が痛くなった。

瞼が燃えるように熱く、何も見えない。
ランプの光を探しても見つからない。
服が茨に引っ掛かったせいか、地面に叩《たた》きつけられる衝撃《しょうげき》は緩和《かんわ》されたようだった。
おかげで手足はすぐに動かせた。立ち上がることもできる。
骨が折れたわけではなく、一瞬、自分は無事なのだと思った。
「いっ、あ、ぁ……目が……」
地面に膝《ひざ》をついて座り込んだクロウは、最も痛む目に両手を持っていく。
瞼は閉じた状態で、そこには折れた棘が何本も刺さっていた。
「ひ、あぁ……いや、あぁ——ッ!!」
今この瞬間に目が覚めて、ベッドの中にいたらどんなにいいだろう。
これは悪い夢——すべては幻《まぼろし》。
本当は、どこも痛くない。何も起きていない。
今日一日をもう一度、目覚めるところからやり直したい。
関係を変化させ、先へ進む勇気など振《ふ》り絞《しぼ》らなければよかった。
自分が欲を出したからいけないのだ。罰《ばち》が当たったのだ。
余計なことを言わずに、師と弟子《でし》のような関係で我慢《がまん》していればよかった。
そうすれば今頃《いまごろ》は彼と一緒《いっしょ》にいて、別れ際《ぎわ》には明日の夜の約束を交《か》わせたのに——。

「う、ぅ……ビースト……ッ、助けて……ビースト……！」

自分の身に起きていることを現実として捉《とら》えるのがつらくて、気を失いたくなる。

棘を抜《ぬ》いても瞼を上げても何も見えず、ランプの光は見つからない。

月も星もなく、クロウの世界は、濃密《のうみつ》な闇と絶望に支配された。

ただし、七人のエルフが遺《のこ》した、七粒《ななつぶ》の石の光を除いて──。

6

今が朝なのか昼なのか、それともすでに夕方なのか、夜なのか——光と時間の感覚を失った
クロウは、酷《ひど》く動揺《どうよう》しながら森の中を彷徨《さまよ》い続けていた。

目が見えなくなった以上、塔《とう》から離れずに大人しくしているのが最善だとわかっていたが、
獣《けもの》の唸《うな》り声に怯《おび》え、必死に逃《に》げたら迷ってしまった。

あとになって、左手のブレスレットを翳すと獣が怖気《おじけ》づいて逃げていくことに気づいたが、
それから道を戻ろうにも思うようには戻れず、どれくらい離れたのか想像もつかない。

今はただ、ビーストが自分を見つけてくれることを願って森を歩いていた。

疲労《ひろう》のために何度か意識を失ったせいで、今の時刻がわからない。

直感で東のような気がする方向に歩いていたが、確信は微塵《みじん》もなかった。

左手を突きだすと、七粒の石が放つ光によって、ほんの少しだけ物の形が見える。

指先が触《ふ》れる寸前に、そこに木や枝があることに気づいたり、足下《あしもと》に水が流れていることがわかったりした。ブレスレットの周辺半歩分の世界が辛うじて見えるおかげで、慎重《しんちょう》に歩けば大きな怪我《けが》を負わずに済む。

「ビースト……ッ、ビースト！」

森に響《ひび》く声は嗄《か》れ、自分のものとは思えなかった。

助けてくれるのは七人のエルフが遺した石だけで、彼は姿を見せてくれない。

こんなに求めているのに、どうして来てくれないのかと……恨《うら》みがましい気持ちになった。

髪を切られなければ、安全に塔から下りることができたはずだ。

獣が寄ってきたら高い木の上に避難《ひなん》することもできただろう。

もちろん目が見えなくなることはなかったし、傷だらけになることもなかった。

彼は酷い人だ。あんなふうに人の大事な髪を切り……そのくせ去っていってしまうなんて、本当に酷い人だ。好きにならなければよかった。

カイル王太子のことを一番好きなままでいれば、きっと幸せだったのに。

もう嫌《きら》いだ、大嫌いだ。

「ビースト……！」

お願いだから会いにきて、ここにいることに気づいて。僕を助けて——。

勝手に髪を切ったことも、無情に去ったことも全部許してあげるから、どうか今すぐここに来て傍《そば》にいて。森は淋《さび》し過ぎて、恐《おそ》ろしくて、このままでは貴方を嫌いになってしまいそう。

本当は凄《すご》く凄く好きなのに、心が裏返るのを止められなくなってしまう。

「……っ、あ……」

感情を昂《たかぶ》らせて錯乱《さくらん》していたクロウは、不意に小鳥の囀《さえず》りを耳にする。

闇に心を蝕《むしば》まれていても、耳を澄《す》ますと確かに鳥の音《ね》が聞こえた。

ひたすら動かしていた足を止め、地面に腰《こし》を下ろしてみる。

ブレスレットを足下に寄せると、芝生《しばふ》と、花らしき物のシルエットが見えた。

花の色まではわからなかったが、真っ黒な紙に、白や灰色で描《えが》かれた絵のようだ。

「——大丈夫《だいじょうぶ》。何も見えないわけじゃない」

クロウは落ち着きを取り戻《もど》すよう自らに言い聞かせ、感覚を研《と》ぎ澄ます。

そうすることで、他《ほか》にも色々なことがわかってきた。

空からは温《ぬく》もりが降り注ぎ、あちこちで鳥が鳴いている。

空気も芝もさらりとして、湿度《しつど》は低い。今はおそらく午後だ。

太陽の方向もわかったが、いくら目を凝《こ》らしても光は見えなかった。

ただし、体にまだエルフの魔力《まりょく》がいくらか残っていたのか……それともエルフの石を繋《つな》げたブレスレットの影響《えいきょう》なのか、瞼《まぶた》の傷はほとんど治っている。

触れた時の違和感《いわかん》は小さなもので、おそらく瘡蓋《かさぶた》になっていた。

数時間前に太い棘《とげ》が貫通《かんつう》したとは思えないほど、痛みも少ない。

——小さい傷も治っているみたいだし、よかった。今は落ち着いて、まずは食事を摂《と》ろう。

甘い物を食べて元気を出すんだ。

クロウは森に現れた美しい花畑を想像し、その中心に、午後の光を浴びながらピクニックを楽しむ自分の姿を置いてみる。

現実との差はわからないが、心を強く持てば素敵《すてき》な場所に思えた。

麻袋《あさぶくろ》から取りだしたビスケットや林檎《りんご》の匂《にお》いを嗅《か》ぐと、甘い香《かお》りに幸せを感じる。

色のない世界でも、林檎の艶《つや》やかな赤や、断面の蜜色《みついろ》……ビスケットの淡《あわ》い焼き色が浮《う》かび上がり、暗闇《くらやみ》の恐怖《きょうふ》を薄《うす》めてくれた。

――よいことを探して、明るい気持ちでいないと駄目《だめ》だ。ビーストや、他の誰《だれ》かや、何かのせいにしてはいけない。この状況《じょうきょう》に陥《おちい》ったのは、すべて僕の選択《せんたく》の結果。僕の運命……。時を戻すことはできないから、この先が今より好転するよう、次の選択を慎重に考えないと……。

とにかく元気を出そうとして、クロウはビスケットを食べる。

手で割るたびに細かい粉が落ち、小鳥がチュンチュンと鳴きながら寄ってきた。

次に林檎を齧《かじ》ると、何やら小さな動物が太腿《ふともも》に前脚《まえあし》を掛《か》けてくる。

兎《うさぎ》かリスだと思ったクロウは、ブレスレットを近づけてみた。

ぴんと張り詰《つ》めた、長い耳らしき物のシルエットが見える。

「兎さん？」

怖《こわ》がられないといいな……と思いつつ手を伸《の》ばして触れてみると、すべすべと滑《なめ》らかな毛に指が埋《う》まった。その心地好《ここちよ》さに癒《いや》され、思わず顔が綻《ほころ》ぶ。

エルフのブレスレットの力なのか、警戒《けいかい》されることはなく、兎は林檎を食べ始めた。

続いてリスもやってくる。とても大きくふさふさとした尻尾《しっぽ》が、微《かす》かに見えた。

「僕が怖くないの？　魔法《まほう》を使うこともできない、普通《ふつう》の人間だよ」

クロウの問い掛けに、動物達はそれぞれの声で答える。

種族による違《ちが》いはあるものの、皆《みな》等しく、甘えた鳴き声だった。

どうやら七粒の石は、持ち主であるクロウの想《おも》いに従って作用するらしい。

クロウが拒《こば》めば獣は石を恐れて逃げていき、受け入れようとすれば、石の持ち主を仲間だと思って近づいてくる。

クロウの周囲には小動物と小鳥がたくさん集まり、暗闇は恐ろしいばかりではなくなった。

愛らしい鳴き声や、息遣《いきづか》い、食べ物を強請《ねだ》ってトントンと叩《たた》いてくる小さな前脚の感触《かんしょく》。

肩《かた》に乗って耳朶《みみたぶ》を突《つつ》いてくる小鳥の悪戯《いたずら》……抱《だ》くとふわふわとして、意外にも重たい兎の、柔《やわ》らかさと温もり。

ここはきっと、光に満ちた花畑だ。雪解《ゆきど》けのあとに生《お》い茂《しげ》った緑は翠緑玉《エメラルド》のように明るく、花の色は数種類に及《およ》ぶかもしれない。

背の低い小さな花ばかりだが、懸命《けんめい》に美しく咲《さ》いている。

目には見えなくても、頭の中には浮かび上がる。

穏《おだ》やかな風に、そよそよと揺《ゆ》れているのがよくわかる。

――ビースト、ごめんなさい。僕は浅はかでした。僕が慎重に行動できなかったからこんなことになってしまったんです。貴方《あなた》は何も悪くない。それなのに嫌いになりそうなんて思って、本当にごめんなさい。凄く、凄く反省しています。……でも、それでもやっぱり独りでは不安なんです。貴方が自由に動ける夜になったら……どうか僕を見つけだしてください。ずっと、貴方を待っていますから……。

鼓動《こどう》する兎の体を抱いていると、自分の生も感じられた。

生きているだけでよかった……と、人心地《ひとごこち》がつく。

お腹《なか》がいっぱいになると眠《ねむ》くなってきて、クロウは兎やリスに囲まれながら横たわった。

背丈《せたけ》の低い小さな野の花に、頰《ほお》を擽《くすぐ》られる。

ビーストの活動時間帯は夜遅《おそ》いので、体力を温存するためにも、今はこうして休んでおいた方がいい。むやみやたらに動き回らず賢《かしこ》い選択をしていれば、ビーストは優《すぐ》れた嗅覚《きゅうかく》で自分を見つけてくれるはずだ。

太陽が沈《しず》むと急激に気温が下がり、クロウは暖を求めて花畑をあとにした。

春先とはいえ、森にはまだ雪が残っている。夜になると骨身に沁《し》みて寒かった。

目が見えない状態で火を扱《あつか》うのを躊躇《ためら》ったクロウは、まずは水場を探し当て、何が起きてもすぐに水を汲《く》める場所を確保してからランプに火を灯《とも》す。

しかし、それだけでは手を温めることしかできなかった。

寒くて歯の根が合わずにいると、再び動物達が集まってくる。

今度は大きな鹿《しか》もいた。ブレスレットを近づけると、立派な角が見えて驚《おどろ》かされる。

たくさんの草食動物に囲まれることで、クロウはどうにか寒さに耐《た》えた。

今はおそらく夕方だが、深夜になればビーストが見つけてくれる。

そう信じて、再会したら彼に告げる言葉を考える。

――ビーストが獣の姿で近づいてきたら……ここにいる動物達は一斉《いっせい》に逃げるはず。僕は、真っ先に子守歌《こもりうた》を聴《き》かせて、同時にブレスレットを彼の鼻先に近づける。

魔法の髪《かみ》で拘束《こうそく》できなくても、無事にビーストを人間の姿に戻せるだろうか。

どうか奇跡《きせき》を起こせますように。そして愛の言葉を告げられますように――。

動物達に囲まれながらランプに手を翳《かざ》していたクロウは、はっと顔を上げる。

何が見えたわけでも、聞こえたわけでもなかった。

触《ふ》れていた鹿の体を通して、尋常《じんじょう》ではない恐怖を感じる。動物が本能的に命の危険を察し、生き延びるために心臓と筋肉を動かす瞬間《しゅんかん》を、肌《はだ》で感じたのだ。

「……ッ、ビースト？」

クロウは、途轍《とてつ》もなく危険な存在が迫《せま》ってきていることを確信する。

その証拠《しょうこ》に、集まっていた動物達は蜘蛛《くも》の子を散らす勢いで逃《に》げていった。

彼らの恐怖心に感応したクロウにも、当たり前の恐怖心はある。

たとえ相手がビーストであれ、普段《ふだん》のように拘束できない以上、ブレスレットの力を借りる前に食い殺されるかもしれない。

それはクロウにとって恐ろしく、途轍もなく悲しいことだが、何より、あとで正気に戻った彼の気持ちを考えると、絶対に避《さ》けなければいけないことだった。

ビーストが何故《なぜ》獣《けもの》の姿になるのか、その理由はこれまで一度も語られていない。

もちろんクロウから問うことなどできなかった。

毎晩、血に飢《う》えた獣として現れるビーストは、本来とても理性的な人物だ。

獰猛《どうもう》な獣に変わる理由はわからなくても、彼が苦しんでいることだけはよくわかる。

「……ビースト、ビーストなの⁉」

誰もいなくなった川辺で、クロウは立ち上がってブレスレットを翳す。

ところが耳に飛び込んできたのは、複数の獣の唸《うな》り声だった。

それも一方向ではなく、正面と左右から聞こえてくる。

──ビーストじゃない……狼《おおかみ》⁉　狼の群れだ！

再会への不安と期待を抱いていたクロウは、たちまち青ざめる。

暗闇の中で左手首を突きだし、「来ないで！」と必死に声を張り上げた。

しかし狼の唸り声は徐々《じょじょ》に大きくなり、近づいてくる。

これまではブレスレットの力で危険な肉食獣《にくしょくじゅう》を退けられたが、こんなに多くの獣が相手では無理だと思った。

最初のうちは感じなかった背後からも狼の気配を感じ、ますます恐《おそ》ろしくなる。

ブレスレットは一つしかなく、囲まれたらどうにもできないだろう。

刻一刻と、襲《おそ》い掛かってくる瞬間が迫っていた。

彼らの低い唸り声は、いつどの方向から襲って、まずどこを咬《か》み、誰がどの部位を食べるかという、相談のように聞こえてならない。

「嫌《いや》だ……来ないで……っ、近づかないで！」

何も見えない闇《やみ》の中、クロウは身を守るために小川に飛び込んだ。

細やかな水音からして、規模の小さい川だということは推測できたが、実際の深さも規模もよくわからない。

この行動が命取りになる危険を感じながらも、クロウはこれ以外に手はないと判断し、ザブザブと水を掻《か》き分けた。

「頑張《がんば》れ……っ、頑張って向こう岸に行けば……」

「スノーホワイト！」

「――っ!?」

腰《こし》まで浸《つ》かったクロウは、聞き覚えのある声に振《ふ》り返る。

ほぼ同時にいくつもの銃声《じゅうせい》が轟《とどろ》き、狼が甲高《かんだか》い悲鳴を上げた。

これまで低く唸って、さも強そうに威嚇《いかく》していたのが嘘《うそ》のようだった。

狼達はとても弱々しい声を上げながら、銃弾《じゅうだん》によって吹《ふ》っ飛ばされていく。

さほど大きくはない体が、砂利《じゃり》の上にドーン！　と落ちたり、水の中に落ちたりと、目には見えなくとも状況の変化がわかった。

「ビースト……？」

夜風に乗って硝煙《しょうえん》の臭《にお》いが流れてくる。微かに血の臭いもした。

ほとんどの狼は逃げていったようだ。

代わりに迫ってくるのは人間の気配と足音、それから少し遅《おく》れて、とても重量感のある四つ足の動物が走ってくる音がした。

クロウはこれまで馬を見たことがなかったが、おそらくこれは馬の足音だ。

「スノーホワイト、無事か!?　今から行くから、そこを動くな！」

優《やさ》しげな蒼玉石《サファイア》の瞳《ひとみ》をしている時のビーストの声――それなのに、彼と一緒《いっしょ》にいる誰《だれ》かが、

「王太子殿下《でんか》、危険です！」と言った。

さらに続いて、「殿下、我々にお任せください！」と、別の誰かが言う。

この国で王太子殿下と呼ばれるのは一人だけ。

兄であるカイル王太子だけだ。

しかしどう聞いてもビーストと同じ声で、彼は「私の弟だ、私が行く！」と、周囲の反対を押し切って駆《か》け寄ってくる。

――ビーストと、同じ声……。

一度は綻《ほころ》んだクロウの顔は、胸のざわめきと共に強張《こわば》った。

脳裏《のうり》に浮《う》かび上がる、肖像画《しょうぞうが》のカイルと、生身のビースト――。

二人は同じ青い瞳を持っていた。絵画の通りであるなら、カイルは豪華《ごうか》で柔らかそうな金髪《きんぱつ》。

ビーストは硬《かた》い黒髪《くろかみ》。そして人間離《ばな》れした毛深さだ。

見た目の雰囲気《ふんいき》は真逆と言ってよいほど違《ちが》うが、しかしクロウは、ビーストの知性や品性をよく知っている。猛々《たけだけ》しく恐ろしげな容姿を裏切って、彼がとても誠実な人物であることを、誰よりも知っている。

「スノーホワイト！」

「お兄様？」

水の中で立ち尽《つ》くしたまま、クロウは声のする方を見て目を凝《こ》らした。

そうしたところで何が見えるわけでもなく……伸《の》ばした左手に嵌《は》めているブレスレットと、その周辺が微《かす》かに見えるだけだ。

暗闇《くらやみ》にぽっかりと浮かんだ仄白《ほのじろ》い光の中に、揺《ゆ》れ動く水面が見える。

水を蹴《け》るような音がしたが、カイル王太子の姿はまだ、視界の中に入らなかった。

「スノーホワイト、無事なのか⁉　ああ、なんてことだ……顔に傷が……！」

とても悲痛で心配そうな声が、光とは反対の右側から聞こえてくる。

光の方ばかり見ていたクロウは、慌《あわ》ててカイルの顔を確認《かくにん》しようとした。

力強い手で肩《かた》を抱《だ》かれると、破裂《はれつ》しそうなほど心臓が騒《さわ》ぐ。

「お兄様……貴方《あなた》が、ビーストだったんですか？」

確かめるために両手を伸ばし、髭《ひげ》などない滑《なめ》らかな顎《あご》と頬に指を当てる。

ブレスレットの光のおかげで、カイルの顔が少しだけ見えた。

闇を切り取る白っぽいシルエットが見える程度だが、輪郭《りんかく》と耳の形はよくわかる。

しかしこれだけでは、彼がビーストだと確信することはできない。

それを決めるのは、彼自身か――或《ある》いは自分の直感だ。

目の前にいる人物が何者か、その答えは心の中にある。

一年間、毎晩一緒にいてくれた人……姿が変わっても目が見えなくても、わからないわけがない。

「――ビースト……ッ！」

間違《まちが》いない――今ここにいるカイル王太子こそが、ビーストの正体だ。

直感的にそう思う。同じ人物だと感じられる。

同一人物であることを前提に考えると、それを裏づける事柄《ことがら》が次々と頭に浮かんだ。

ビーストは、クロウのことに最初から詳《くわ》しかった。

鴉《からす》を意味する王子らしからぬ名前ではなく、常にスノーホワイトと呼び……そしてこの国の王族や貴族の事情に明るく、カイル王太子から贈《おく》られる書物の内容をすべて知っていた。

ビーストが塔《とう》に来るようになってすぐに、クロウの体には大き過ぎるフード付きのマントが届いたり、彼の前で好きだと言った菓子《かし》が、宝箱の中に山ほど入っていたり、茶葉が足りなくなったら翌日すぐに届いたり——心当たりはいくつもある。

そしてカイル王太子がビーストなら、彼が結婚《けっこん》できないのも当然だ。

夜な夜な赤い瞳の獰猛な獣《けもの》になるのが、彼自身の意志であるはずがない。

避《さ》けられない何かを抱《かか》えている……おそらく、忌《い》まわしい呪《のろ》いを背負っている。

それなのに、それなのに自分は、向けられる気持ちに気づきもせず、兄の愛情や真心を疑い、本人に向かって酷《ひど》いことを言ってしまった。

「お兄……様……この一年間……毎晩僕に会いにきてくれていたのは、お兄様だったんですね。ごめんなさい、僕はお兄様が手紙をくれないからと、薄情《はくじょう》だなんて言ってしまった。ああ……ごめんなさい、お兄様……ごめんなさい」

「謝らなくていい……っ、私が至らなかったのは事実だ」

「いいえ、お兄様は本当によくしてくださっていたのに」

「スノーホワイト……ッ、まさか、まさか、目が……！」

クロウの目の焦点《しょうてん》が合っていないことに気づいたカイルは、酷く狼狽《ろうばい》していた。

彼を追って川に飛び込んでくる家臣達の声や、激しい水音が続く。

しかし誰も二人の邪魔《じゃま》はできなかった。

クロウとカイルは、共に泣きながら身を寄せ合う。

「私のせいだ……私が、君の髪《かみ》を切ったから……だからこのようなことになったのだ。自分を恥《は》じるあまりに、本当のことを打ち明けなかったから、こんな……！」

「お兄様……」

クロウは真実の重さに耐《た》え切れず、カイルの腕《うで》の中に崩《くず》れ落ちる。

冷たい水とは対照的に熱い涙《なみだ》を零《こぼ》す彼が、耳元で声を振り絞《しぼ》っていた。

許してくれ、許してくれ——そう言っているようだったが、声が遠くなってしまい、あまりよく聞こえない。

——お兄様……僕の方こそ、許してください。ビーストの正体が貴方なら……僕は実の兄に恋《こい》をしてしまいました……そのうえ、この気持ちを水に流すようなことは、とてもできそうにありません。

こうして会ってみて、ますます愛情を感じるのに、実の兄弟だからと諦《あきら》めて、この心を捨てられるだろうか。

無理だ、そんなことはできない。

許してくださいと心で訴《うった》えてはいるけれど、これは謝罪とは異なるものだ。

この気持ちを持ち続けることを、許可してください。或いは、認めてください——そういう意味の「許して」に他《ほか》ならない。

「スノーホワイト……」

兄の声は、やはり遠くから聞こえる。

瞼《まぶた》に浮かび上がる表情は、ビーストの物であり、カイルの物でもあった。

——お兄様……弟の身で迫《せま》り、苦しい思いをさせてごめんなさい。でもこれからもずっと、好きでいさせてください。お願いですから、許してください。

ビーストが想《おも》いを受け入れてくれなかったのは当然の話で……呪いに苦しむ兄を、これ以上苦しめてはいけないと思う。それはわかっている。

けれども、ビーストが兄だと知ったところで一向に冷める気配のないこの想いは、どうにもできない。

諦める以外に、何をどうすれば兄を苦しめずに済むのだろう。

自分の愛情が兄にとって毒でしかないのなら、それは——あまりにも悲しい。

7

クロウがグリーンヴァリー城に来てから、早くも一週間が経《た》とうとしていた。

カイル王太子は、ビーストだった時とは打って変わって秘密を持たず、自身が抱える呪いの問題を含《ふく》めて、あらゆる事情をクロウに話して聞かせた。

そうでもしなければクロウの身に危険が及《およ》ぶことを、彼はよくわかっていたからだ。

グリーンヴァリー王国の王であり、二人の父親であるプリスは、妻の遺体の腐敗《ふはい》が進んだことによって精神的に不安定な状態にある。

もし今、クロウが塔から出て城で暮らしていることを知った場合、その時の気分によっては死罪を言い渡《わた》してくるかもしれないのだ。

クロウが自由かつ安全に生きるには、カイルがプリスを王座から引きずり落として即位《そくい》する必要があり、現段階でクロウは人前に出ることができない。

カイルの部屋に閉じ籠《こも》って、彼が信頼《しんらい》を置く一部の家臣や医師団に見守られながら、静かに療養《りょうよう》する日々を過ごしていた。

「瞼の傷は完治したが、やはり視力は戻《もど》らないな。それにまだ熱も高い」

医師団の診察《しんさつ》が終わったあと、カイルはベッドの横で心配そうな息をつく。

絹で埋《う》め尽くされた天蓋《てんがい》付きのベッドに横たわりながら、クロウは兄の手を握《にぎ》っていた。指を絡《から》め、片時も放さない。そして、見えなくても顔を見つめる。

「ごめんなさい、なかなか元気になれなくて……」

「謝ることはない。私が酷い目に遭《あ》わせてしまったからだ」

「いいえ、それは違います。悪いのは僕です。でも謝るとお兄様を責めることになってしまうなら、僕はもう謝らない方がいいのかもしれませんね」

「ああ、是非《ぜひ》そうしてくれ。謝るくらいなら私に怒《おこ》ってくれた方がいい。その方が元気そうに見えるだろう？」

「お兄様……」

「可愛《かわい》いスノーホワイト……早く元気になってくれ。君が心配で胸が潰《つぶ》れそうだ」

カイルの唇《くちびる》が頬《ほお》に当たり、クロウの心臓はどくりと爆《は》ぜる。

胸が潰れそうなのは自分の方だ。

こんなに優《やさ》しい声で囁《ささや》きながら、頬にキスをしてくるなんて、あまりにも残酷《ざんこく》過ぎる。

休める公務は休んで可能な限り傍《そば》にいてくれるカイルは優しく、そしてビーストの時の反動かと思うほど触《ふ》れ合いを求めてきた。

目が見えない相手に対する気遣《きづか》いもあるのだろうが、それだけとは思えない。

話をする時は常に、肩《かた》や背中や手など、どこかしらに触れてくるのだ。

額や頬に唇を押し当て、恋人同士《こいびと》の口づけのような接触《せっしょく》を繰《く》り返すこともある。

もちろん手袋《てぶくろ》を嵌《は》めることはなく、クロウの手を素手《すで》で握って、自分の顔に引き寄せるのが好きだった。

国一番の美男と謳《うた》われているだけあって、カイルは自分の容姿に劣等感《れっとうかん》など微塵《みじん》も持ってはいない。むしろ自信に溢《あふ》れており、医師と話す時も、相手の顔を堂々と真っ直《す》ぐに見て話している様子が窺《うかが》えた。

クロウの見舞《みま》いに訪《おとず》れる家臣達との会話からも、カイルが如何《いか》に愛される王太子であるかがよくわかる。カイルが信頼している者達なのだから、彼自身も慕《した》われていて当然なのかもしれないが――それにしても彼らは熱心にカイルを想い、未来の主君として彼を敬愛していた。

「あと少ししたら日付が変わる。夜の間、もし何かあったら遠慮《えんりょ》なく呼び鈴《りん》を鳴らしなさい。隣《となり》の部屋に医師を待機させているからね」

「はい、お兄様。ありがとうございます」

クロウは闇《やみ》の中で、カイルの声が沈《しず》んでいくのを感じ取る。

彼が王子として輝《かがや》いていられるのは、午前零時《れいじ》の鐘《かね》が鳴るまでだ。

母親が受けた呪いを肩代わりして、獣に変わってしまう彼の苦悩《くのう》を、家臣も医師も知らない。

王妃《おうひ》スノーホワイトは、いつまでも少女のように可憐《かれん》だったが、自分の命を狙《ねら》った継母《ままはは》――鏡の魔女《まじょ》を残忍《ざんにん》な方法で処刑《しょけい》し、解けることのない呪いを受けた。

しかし実際に呪《のろ》われたのは、王妃の胎内《たいない》にいたカイル王太子だ。

カイルは幼い頃《ころ》から、午前零時になると黒い獣に姿を変え、小動物や鳥を襲《おそ》って貪《むさぼ》り食った。

成長してからは大型の鹿《しか》や家畜《かちく》を襲うようになり、その恐《おそ》ろしげな姿を目撃《もくげき》した者によって、『地獄《じごく》の使者《ししゃ》』と名づけられている。

噂《うわさ》は国中に広まり、現在では知らぬ者がいないほど有名な怪物《かいぶつ》の一つだ。

カイルが討《う》たれることを危惧《きぐ》した王妃は、早い段階で、「地獄の使者を討ち取れば、国中の人間が地獄に落ちる」という、不穏《ふおん》な噂を広めさせ、果てはその噂を信じた振《ふ》りをして、「地獄の使者を決して傷つけてはならぬ」と、御触《おふ》れを出した。

地獄の使者がカイルであるという事実を知っているのは、国王と亡き王妃、七人のエルフ、そしてカイル本人と、新たに知らされたクロウだけだ。

――お兄様……本当に、どれだけおつらいことか……。

カイルは午前零時十五分前に鳴る予鈴《よれい》を合図に、この部屋から続く秘密の地下道を利用して城を抜《ぬ》けだし、森へと急ぐ。

予鈴が鳴るのは、カイルが城を去るのを忘れないようにするためで、時計を改造させたのは母親だと、クロウは兄から聞いている。

カイルは人気《ひとけ》のない山小屋で衣服を脱《ぬ》ぎ、本鈴が鳴り響《ひび》く午前零時を迎《むか》えると――そこから先は明け方まで意識が飛んでしまうらしい。

そして空が白み始める頃になると、あの毛深い獣人になっていて、自我が少しずつ蘇《よみがえ》り……帰るべき場所や自分の立場を思いだすのだという。同時に獣として過ごした時間の記憶《きおく》も蘇り、残酷な狩《か》りの体験や血の味に吐《は》き気を催《もよお》して、食した物を吐き戻す。

つまりは無益な殺生《せっしょう》を毎晩繰り返し、非常に浅ましく過ごしているのだ。

本来は読書と歌とダンスを愛し、社交的でありながらも、穏《おだ》やかで誠実な心と際立《きわだ》つ美貌《びぼう》を持つ王太子が、魔女の呪いにどれほど思い悩《なや》み、苦しみながら生きてきたかは想像に難《かた》くない。

自身が受けた呪いについて語るカイルは、まるで他人事《ひとごと》のように淡々《たんたん》としていたが、それは彼が夜の自分を認めたくない気持ちの表れに思えた。

本当はどれほど自身を恥《は》じているか、劣等感を覚えているか——クロウはビーストとのやり取りを通じて、カイルの気持ちを知っている。

クロウはブレスレットを使って、どうにか手助けをしたいと申し出たが、カイルは城の中で午前零時を迎えることも、今の力ないクロウを獣と会わせることも、絶対に嫌《いや》だと言って拒《こば》み、呪いに従う普段《ふだん》通りの行動を取っていた。

——ねえ皆《みんな》、教えて。お兄様の呪いは本当に解けないの？　もしも解く方法があるなら……僕は心臓だって捧《ささ》げられる。お兄様と僕と、同じ両親から産まれたのに、お兄様だけが苦しむなんて、そんなのおかしい。

午前零時を過ぎた寝室《しんしつ》で、クロウはエルフのブレスレットに語り掛《か》ける。

相変わらず目は見えなかったが、七粒《つぶ》の石の光は見えた。

その周辺にある物も、形くらいはどうにか捉《とら》えられる。

左手首に右手を寄せると、カイルがいつも握ってくれる自分の手を目にすることができた。

今は淋《さび》しいばかりの十本の指は、朝になればカイルの手で包まれて、指先や甲《こう》は彼のキスを受けるだろう。

——好きになった人が実の兄でも、僕は何も変わらないのに。お兄様を呪いから解放できるなら、本当に死んでもいい……。だって僕は、お兄様を愛しているんだ。エルンスト、ベーゼ、ハイター、ハッチー、ミューデ、ユンク、シュヒテン、皆わかっているでしょう？　僕が唯一《ゆいいつ》の人を見つけたこと、知っているでしょう？

もしも七人のエルフがここにいたら、きっとこの気持ちをわかってくれる。

わかっていないのはカイル本人だけだ。

実の兄であることを告白したことで、カイルはクロウの恋《こい》が終わったと、勝手に思い込んでいる様子だった。もしくは、そういうことにしておきたいのかもしれない。

カイルが子供の頃、幼い弟をどれほど愛していたか、その溺愛《できあい》ぶりが並々ならぬものであったことは、家臣や医師団から聞かされた。

それに関して、カイル自身もまったく否定していない。

むしろ弟に対する愛情に誇《ほこ》りを持っている様子だった。

実際に可愛がってくれたのだと思う。憶《おぼ》えてはいないが、なんとなくわかる。クロウがエルフ達に教えられたわけでもないのに歌えた子守歌《こもりうた》も、兄が歌い聞かせてくれたものだったのだ。

今のカイルは、失明した弟の世話をして可愛がったり、顔や体をじっくりと見つめて成長を感じたり、肌《はだ》に触れたり口づけたりすることに夢中になっている。

兄の立場でそれを実行するために、クロウの恋をなかったことにしているのだ。

兄に触れられるたびに心をときめかせ、体を熱くするこちらの気持ちなど無視して、可愛い可愛いと……時には「愛している」と、甘く熱く囁いてくる。

そんなことばかりされていては、熱が引くわけがない。

毎夜おぞましい呪いに苦しめられ、弟に触れることで癒《いや》されている兄に、「僕の恋は終わっていません」などと、無神経なことを言って迫《せま》るわけにはいかないけれど……実際に終わってはいないのだ。

クロウの中に燃え上がった恋の炎《ほのお》は鎮火《ちんか》せず、ビーストが呪いに苦しむ実の兄の姿だったと知って、ますます彼への想《おも》いを募《つの》らせている。

——僕の横顔を盗《ぬす》み見ていたビーストの視線に、優しさだけではない熱を……欲望《よくぼう》を孕《はら》んだ春情と呼べるような熱を感じたのは、僕の思い過ごしだったんだろうか……。あれは兄として、弟を見つめていただけ？　あくまでも自分の弟として、単純に、可愛いな……と、そう思ってくれていただけ？

クロウは夜でも昼でも変わらぬ闇の中で、自分の問いに「否《いな》」を返す。

半人半獣の段階のビーストは、クロウの唇を吸い、性器を舐《な》め、精液を啜《すす》ったのだ。

そして雄《おす》を昂《たかぶ》らせ、後孔《こうこう》に挿入《そうにゅう》しようとしていた。

――塔《とう》の中で再会した時点で、お兄様にはすでにそういう欲望があったように思う。エルフ達と連絡《れんらく》を取り、成長した弟を想像して恋心《こいごころ》に近いものを募らせていたからこそ、自分の物にしたい願望を秘《ひ》めていたのかもしれない。

そうであってほしいと願っているだけ……という可能性もあるが、ビーストに犯《おか》されそうになった事実は、今のクロウにとっては希望だった。

浅ましい獣になる夜の自分を否定すべく、日中は極《きわ》めて道徳的に生きて、貴族の嗜《たしな》みである狩りすらせずに殺生を避《さ》けるカイルの本性《ほんしょう》は、禁忌《きんき》の愛を秘めた情熱的な男だと信じたい。

踏《ふ》み切ることができない事情に縛《しば》られているだけで……本当は、劣情《れつじょう》を催す類《たぐい》の愛情を滾《たぎ》らせているのだと祈《いの》りたい。

行き場のないこの想いがいつか叶《かな》うよう、夢を見ていたかった。

――お兄様が呪いに苦しんでいる時に、僕はこんなふうになって……。

絹のシーツの中で背中を丸めたクロウは、火照《ほて》る体を持て余す。

カイルが出掛《でか》けて独りになると、彼に触《ふ》れられた肌が疼《うず》いてたまらなくなった。

体の下にあるベッド自体にも煽《あお》られて、いない兄を求めて手を彷徨《さまよ》わせてしまう。

ビーストの時は隣《となり》に寝《ね》てくれなかったカイルは、当たり前のようにこのベッドで眠《ねむ》るのだ。

大人が数人寝ても触れ合わずに済むほど広々とした物ではあるが、それでも同じベッドには違《ちが》いない。寝返りを打てば、多少なりと振動《しんどう》が伝わることもある。ましてや手を握《にぎ》られながら眠られたら、こちらは眠れないというのに——。

「——っ、ん……」

自分を慰《なぐさ》めたくて仕方なかったクロウは、唇《くちびる》を噛《か》んでどうにかこらえた。

兄は今頃《いまごろ》呪《のろ》いに振り回されて、不本意に家畜《かちく》や鹿《しか》を襲《おそ》っているだろう。

殺したくもないのに動物を殺し、黒い獣の姿で臓物を食《く》らっている。

夜明けがくれば凶行《きょうこう》の記憶に苦しんで、血肉を吐いて戻《もど》ってくる。隣に横になり、「子守歌を歌ってくれ」と強請《ねだ》り、クロウが歌うとすぐに寝息を立て始めるくらい疲《つか》れ切っているのだ。

それでも昼前には目を覚まし、湯浴《ゆあ》みを済ませて王太子然として振る舞《ま》う。

疲れなど微塵《みじん》も見せず、誰《だれ》かに怪《あや》しまれることもなく……限られた時間を精いっぱい王太子らしく生きる。それがカイルだ。彼はそうやって、二十七年間も生きてきた。

——お兄様が苦しんでいる時に……気持ちのいいことなんて、できない……。

脚《あし》の間に心臓を挟《はさ》んでいるかのように、性器が脈打っていた。

けれどもそこに手を伸《の》ばさず、クロウは深呼吸を繰《く》り返す。

愛しているのに、何もできない自分がもどかしかった。

姿形や呪いとは無関係に貴方《あなた》が好きだと訴《うった》えても、兄と自分は結ばれない。

闇《やみ》を抱《かか》えているからこそ光の道を進もうとする兄は、禁忌の愛を拒み続ける。

兄のためを思うなら、ただの可愛《かわい》い弟であり続けることが最善なのだろうか——。

——その通りだ。答えは最初からわかり切っている。呪いによって罪を抱えているお兄様は、これ以上罪を犯したくないんだ。たとえ僕の望み通り、お兄様が意識の底に禁忌の願望を秘めていたとしても、お兄様のためを思うなら刺激《しげき》するべきではない。そんなことはわかり切っているのに、それを僕が受け入れたくないだけ……。

暴《あば》いてしまいたい。兄の仮面を外させて、野獣《やじゅう》の素顔《すがお》を見たい。

正気のまま本能を剝《む》きだしにさせて、自分を襲わせたい。

こんなことを考えるなんて、本当に酷《ひど》い弟だ。

「……ん、ぅ、ぁ……」

ぴくんと性器が震《ふる》え、何もしていないのに達してしまいそうになる。

いつもカイルが寝ている辺りに顔を埋《うず》めながら、クロウは兄の体の上を這《は》う妄想《もうそう》に耽《ふけ》った。

どうしても我慢《がまん》ができなくて腰《こし》を揺《ゆ》らすと、官能的な痺《しび》れが全身を駆《か》け抜《ぬ》け、絶頂が訪《おとず》れる。

迸《ほとばし》る青臭《あおくさ》いミルクで、下着をぐっしょりと濡《ぬ》らしてしまった。

8

クロウが城に来て十日目の午後——しばらく部屋から出ていたカイルは、戻ってくるなり嬉々《きき》とした声で、「スノーホワイト、お客様だ」と笑顔《えがお》を向けてくる。

実際には見えないが、今の表情は確実に笑顔だ。

クロウにとってカイルの顔は、肖像画《しょうぞうが》のカイルの微笑《ほほえ》みとビーストの表情を合わせたもので、頭にふと浮《う》かぶのは、どちらかと言えば黒い髭《ひげ》を蓄《たくわ》えたビーストの顔だった。

「お客様？　どのような方ですか？」

長椅子《ながいす》に座って編み物をしていたクロウは、声のする方に向かって首を傾《かし》げる。

一応ベッドから出られるようになったが、まだ微熱《びねつ》が続いていることもあり、暖炉《だんろ》の近くでゆったりと過ごしていた。

昨日から編んでいるのは、肌触《はだざわ》りのよい毛糸を使ったショールだ。

これくらいなら手元が見えなくてもどうにか編めるし、ブレスレットのおかげである程度は見えた。ただし色はわからず、兄からとても綺麗《きれい》な赤だと聞いている。

「その毛糸の色、近いうちにわかるようになるかもしれない」

「——え？　それは、どういうことですか？　僕の目、治るんですか？」

カイルは隣に腰掛《こしか》けると、おもむろに肩を抱《かただ》いてきた。

質問にすぐには答えず、「上手に編めているな。完成したら私にも使わせてくれ」と、明るく機嫌《きげん》のよい声で言ってくる。

さらには、髪《かみ》を撫《な》でて額に何度も唇を押し当ててきた。

「お兄様が使ってくださるなら、ショールじゃなくて膝掛《ひざか》けを新たに編みます」

「そうか？　それならそのショールを君が纏《まと》っている横で……私は色違《いろちが》いの膝掛けを使おう。目が見えるようになったら、私に似合う色の毛糸を選んで編んでくれないか？」

「はい、もっと凝《こ》った柄《がら》の物を編みますね」

「楽しみだな、宝物にするよ」

カイルは本当に上機嫌で、こめかみや頰《ほお》にもキスをしてくる。

兄の心の安寧《あんねい》のために、ただの弟であろうと努めているクロウの気持ちを知ってか知らずか、耳元に直接、「奇跡《きせき》を起こせる人が、ようやく来てくれたんだ……」と、やはりとても嬉《うれ》しげに囁《ささや》いてきた。

「奇跡を起こせる人？」

「隣の部屋で待ってもらっている。さあ、編み物は少しお休みして、一緒《いっしょ》に行こう」

転ばないよう手と腰を支えてくれる兄に促《うなが》され、クロウは席を立つ。

カイルの部屋はいくつもあり、すべてが広い廊下《ろうか》に面していた。

廊下の先には衛兵が常駐《じょうちゅう》し、天井《てんじょう》まで届く堅牢《けんろう》な扉《とびら》がある。扉というよりは門に近く、実際に誰もが門と呼んでいた。

クロウは最奥《さいおう》の寝室《しんしつ》と、そこから繋《つな》がっている浴室を使うくらいで、この十日間、廊下には一歩も出ずに暮らしている。

しかし今はカイルに手を引かれて寝室を出て、廊下を十数歩進んでから隣の部屋に入った。

「お待たせしました。こちらが私の弟、第二王子スノーホワイトです」

部屋に入ると、華《はな》やかな香水《こうすい》の香《かお》りが鼻を掠《かす》める。

不快なものではなかったが、女性的な印象が強く、嗅《か》ぎ慣れない匂《にお》いだった。

「スノーホワイト、今日来てくださったのはオーデンのセントリア侯爵《こうしゃく》夫人だ」

「まあ、なんて可愛らしい。亡《な》くなった王妃《おうひ》様に生き写しね」

「母よりも弟の方が遥《はる》かに可愛いですよ。彼は心も美しいので、比較《ひかく》になりません」

「あら、厳しいことを仰《おっしゃ》るのね。でもわかるわ、私も結婚《けっこん》式に招待されましたからね。スノーホワイト王妃の……可愛い顔に似合わない残忍《ざんにん》さには驚《おどろ》かされましたもの」

大人びた美女を彷彿《ほうふつ》とさせる声の夫人は、くすくすと笑いながらクロウの目の前までやって来た。

「——あ……」

クロウはカイルの手を握ったまま、彼女が発している魔力《まりょく》の存在に気づく。

エルフと長年一緒に暮らしてきたせいか、この女性は普通《ふつう》の人間ではない……と、肌《はだ》で感じられた。七人揃《そろ》った状態のエルフよりは微弱《びじゃく》だが、一人一人のエルフよりは強い魔力を持った魔女のようだ。

「セントリア侯爵夫人は、御結婚《ごけっこん》されて貴族の称号《しょうごう》を与《あた》えられているが、元々はオーデン一の高名な魔女なんだ。特に癒《いや》しの力を司《つかさど》り、海賊《かいぞく》に襲われて歩けなくなった提督《ていとく》の足を治したり、声を失った歌手の喉《のど》を治したり、他《ほか》にも数々の奇跡を起こしている」

「それは……凄《すご》いですね、素晴《すば》らしい力をお持ちなんですね」

「それほどでもないのよ。治せなかったものだってあるわ……病の床《とこ》に就《つ》いたスノーホワイト王妃を助けることもできなかったし。でも、貴方の目を治せる可能性は高いと思うの。貴方の体には七人のエルフの魔力がいくらか残っているんだもの、きっと上手《うま》くいくわ」

夫人の言葉にカイルが今どのような顔をしているか、クロウは見てみたくて仕方がなかった。

クロウが青年の姿になったエルフ達の精液を飲んで育ったことに対して、ビーストは確かに妬心《としん》を孕《はら》んだ怒《いか》りを見せた。クロウの髪を衝動《しょうどう》的に切るほど激昂《げっこう》し、こうして父王に見つかる危険を冒《おか》してまで城に迎《むか》え入れる決意をするに至ったのだ。

——今は、どう思っているんだろう。僕の体内にエルフの魔力が残っていることで目が治る可能性が高くなるなら、それでいいって割り切っているのか……それとも、本当は嫌《いや》だと思い、嫉妬《しっと》したりしてくれているんだろうか……。

カイルの手を握《にぎ》っていても、彼の手が背中に触《ふ》れていても、気持ちはわからない。夫人に対しても、「私の弟をよろしくお願いします」と言うばかりで、感情の起伏《きふく》は読み取れなかった。

「まずは目を見せてもらうわ。それと、いくつか質問したいこともあるから……第二王子様と二人きりにさせていただけるかしら？」

隣国《りんごく》の王太子に対しても臆《おく》さぬ夫人に、カイルはしばらく考え込む間を取り、クロウの手を強めに握った。

口にはしないが、「大丈夫《だいじょうぶ》だよ」と言っているかのような優《やさ》しい強さだ。

カイルはクロウを長椅子《ながいす》に座らせると、「大丈夫だよ、部屋のすぐ外にいるからね」と、今度は明確に口に出して言い置き、廊下に続く扉の方へと歩いていく。

「王太子様も大変ね……相変わらず重い呪《のろ》いに縛《しば》られているわ」

カイルが出ていくなり、夫人は気怠《けだる》い溜《た》め息をついた。

その言葉に、クロウは驚いて顔を上げる。

「ご存じだったのですか？」

「ええ、見ればわかるわ。鏡の魔女とは面識があったし、彼女の禍々《まがまが》しい魔力が呪いとなって、カイル王太子の体に張りついているのがわかるのよ。あの呪いがどんな影響《えいきょう》を及《およ》ぼしたのかはわからないけれど、ろくなことになっていないのは想像に難《かた》くないわ……お気の毒ね」

　夫人はそう言いながら、クロウの隣《となり》に腰掛ける。

　無数の指輪を嵌《は》めた手で、左手にそっと触れてきた。

　声から受ける印象よりも年を重ねているのが、手の皺《しわ》でわかる。

「貴方《あなた》の目、私が治してあげるわ。……でも、条件があるの」

「――条件？」

「カイル王太子は、驚くほどたくさんの宝飾品《ほうしょくひん》と、彼が個人的に所有している領地をくれると約束したわ。彼が如何《いか》に貴方のことを愛しているか……それはわかるのだけれど、私にとってそれらの報酬《ほうしゅう》はあまり魅力《みりょく》がないの。私が欲しいのは、貴方が持っているエルフの石。七粒《ななつぶ》の石を繋げた、そのブレスレットよ」

「……え？」

　左手首に嵌めたブレスレットに触れられた瞬間《しゅんかん》、クロウは肘《ひじ》ごと引いて身構える。

　これは七人のエルフが大切にしていた、彼らの魂《たましい》とも呼ぶべき石だ。

　獣《けもの》になったカイルを獣人化させる力があり、これから先もカイルのために役に立つかもしれない。今のカイルは、クロウの目が見えないことを理由に、ブレスレットに頼《たよ》らず呪いに身を任せているが、今後状況《じょうきょう》が変われば、このブレスレットに頼って苦しみを緩和《かんわ》させる道を選ぶ可能性も十分に考えられる。

「――どうして、この石が欲しいんですか？」

「貴方を育てた七人のエルフは若さを司る力が強かったの。私は癒しの魔力を使えるけれど、老いを止めることはできない。でも……その石を手に入れれば私の魔力は変化するわ。若返ることだって夢じゃない」

「僕の目と引き換《か》えに、これを差し上げることはできません」

クロウは夫人に向かってきっぱりと言ったが、同時に一つの決意を固めていた。

このブレスレットがそんなに価値のある物ならば、もっと大きなことを望みたい。

それが叶《かな》うなら手放してもいいと思った。

エルフ達と完全に別れるようでつらいが、カイルのためならどんな犠牲《ぎせい》も厭《いと》わない。

「お兄様の呪いを解いてください。それができるならブレスレットを差し上げます。僕の目は、治してくれなくても構いません」

クロウは左肘を引いたまま、右手で夫人の手を握る。

彼女の顔の方を向き、目の位置を推測しながら真っ直《す》ぐに見つめた。

彼女は若さを欲しがってはいるが、禍々しい欲望《よくぼう》や悪《あ》しき空気を放ってはいない。

強引《ごういん》に奪《うば》ったり騙《だま》し取ったりするような卑怯《ひきょう》な真似《まね》はしない女性だと信じて、正当な取引を持ち掛《か》けた。

「それは無理な話だわ。そもそも七人のエルフの方が私より強い力を持っていたのよ。スノーホワイト王妃もプリス王も、カイル王太子の呪いをどうにか解こうとして……七人のエルフに頼《たの》み込んだに決まっているでしょう？　でもあの通り……どうすることもできなかった。鏡の魔女《まじょ》は元より強い魔女だったし、何しろあれは、最後の力を振《ふ》り絞《しぼ》って放った呪いよ。継子《ままこ》に対する恨《うら》みが恐《おそ》ろしいほど込められているの。エルフの石を手に入れたところで、私の力では無理。お手上げだわ」

夫人は残念そうに言いながら、クロウの瞼《まぶた》に触れる。

ぴったりと揃えた両手の指を左右の瞼の上に当てて、呪文《じゅもん》を唱え始めた。

閉じた瞼が熱くなっていき、彼女の指先から魔力が流れ込んでくるのがわかる。

とても心地《ここち》好《よ》い感覚だった。

この城に来て初めて入った薔薇《ばら》香油《こうゆ》とミルクの湯も、絹と羽毛《うもう》の上掛《うわが》けの温《ぬく》もりも、彼女の魔力に比べたら凡庸《ぼんよう》なものに思えてしまう。

「――あ、ぁ……」

瞼から浸透《しんとう》する癒しの力に酔《よ》ったクロウは、長椅子の背凭《せもた》れに身を預けた。

顔だけではなく体中が温かくなると同時に、瞼の向こうが赤黒く見えてくる。

これまでは完全な闇《やみ》だったが、今は確かに赤い物が混じっていた。

そしてわずかに光も見える。

瞼の血管が透《す》けている証《あか》し――その向こうにある光を、瞳《ひとみ》が認識《にんしき》している証拠《しょうこ》だった。

「これで大丈夫よ。傷がとても深かったから、今すぐに完治というわけにはいかないけれど、貴方なら一週間と掛からずに治せるでしょう。毎日洗眼して清潔にして、あまり明る過ぎない室内で養生なさって」

そう言われた時にはもう、セントリア侯爵夫人の姿が薄《うっす》らと見えていた。唇《くちびる》は濃《こ》い赤だ。色も少しわかる。彼女の髪《かみ》は鳶色《とびいろ》のようだった。

「……っ、ありがとうございます。少し、見えるようになりました」

「報酬は約束通り、カイル王太子からいただくわ。私は善良な魔女だけれど、決して無償《むしょう》では働かないと決めているの。特に財力のある方からは限界までいただくわ」

「限界まで……」

「そもそも最初は、『弟君の目を治すには貴方の目が必要よ』と言ったのよ」

「――え？　お兄様の目が？」

「もちろんそれは冗談《じょうだん》だけれど、王太子殿下《でんか》は迷わず自分の目を差しだすと言ったわ。そんなことをしたら王になれなくなってしまうのに……本当に必死な顔でね。ただの兄弟愛とは思えなかったわ」

夫人はそう言って笑うと席を立つ。

意味深な言葉に心揺《ゆ》さぶられたクロウは、彼女にもっと話を聞きたくなった。

酸《す》いも甘いも嚙《か》み分ける貴女《あなた》から見たら、兄の気持ちはどういうものなのか。

人間の世界で禁忌《きんき》とされるこの恋《こい》を、貴女はどんな目で見るのか――隣の国の魔女という、一歩も二歩も引いた立場の彼女から、新しい価値観や考え方を取り入れたくてたまらなくなる。普通《ふつう》の人間ではない彼女なら、カイルを縛る道徳という名の枷《かせ》を緩《ゆる》めるきっかけを、与《あた》えてくれる予感がした。

「王太子殿下、終わりましたわ」

クロウが夫人に話し掛ける隙《すき》はなく、彼女は早々にカイルを呼ぶ。

廊下《ろうか》で待つカイルに声を掛けつつ、内側から扉《とびら》をノックした。

「殿下、弟君の治療《ちりょう》が済みました。さあ、お入りになって」

改めて夫人に呼ばれたカイルは、靴音《くつおと》も忙《せわ》しなく飛び込んでくる。

礼の言葉を口にしてはいたが、それどころではないのが明らかだった。

こちらに向かって、真っ直ぐに走ってくる姿が見える。

「スノーホワイト……ッ！」

「お兄様！」

クロウの視界はまだぼんやりとしているものの、カイルが鮮《あざ》やかな青い服を着ていることと、肖像画《しょうぞうが》の通り美しい金髪《きんぱつ》の持ち主であることがわかった。

これまでとは違《ちが》って、視界がぐんと広くなっている。

そしていくつもの色がある。

顔を近づければ、瞳の色まで確認できるかもしれない。

「スノーホワイト……ああ、よく頑張《がんば》ったな。痛みはなかったか？」

「はい、僕は何も。とてもよくしていただきました」

セントリア侯爵《こうしゃく》夫人は完治までの期間について説明していたが、カイルは長椅子の前まで来ると、膝《ひざ》を折ってクロウの顔を覗《のぞ》き込んだ。

両手をしっかり握《にぎ》って摩《さす》りながら、我がことのように苦しげに眉《まゆ》を寄せている。

「それで、どうなんだ？　私の顔が見えるようになったか？」

「はい……まだ完全ではなく靄《もや》のようなものが掛かっていますが、お兄様の表情がわかります。色も見えるようになりました。今、青い服をお召《め》しですよね？」

「ああ、その通りだ。よかった……本当に……っ」

取り乱すほど心配し、泣きながら喜んでくれているカイルの顔を見ていると、クロウもまた感極《きわ》まって泣いてしまう。

夫人の前だというのにお互《たが》いの顔を見つめ合い、頬《ほお》に触《ふ》れて、確かに流れている涙《なみだ》を、目と指で感じ合った。

「お兄様……ありがとうございます。僕の目を治すために夫人を呼んでくださったり、多くの物を犠牲にしてくださったり……ご迷惑《めいわく》ばかりお掛けしてすみません」

「そのようなこと……君の目が治るなら、惜《お》しい物など何もない」

歓喜《かんき》と安堵《あんど》の涙を流す兄を見て、クロウは抑《おさ》え切れない衝動《しょうどう》に胸を熱くする。

口づけがしたかった。それも恋人《こいびと》同士の口づけがしたい。

そうしないことが不自然にすら思えた。

先程《さきほど》耳にした、「ただの兄弟愛とは思えなかった」という言葉に背中を押されたのは事実だが、それだけではない。

自分の目で見て、自分の耳で聞いて、確信できるものがあった。

兄は、恋人のように自分を愛してくれている——と、そう感じられる。

「あらまあ、美しい兄弟愛ですこと」

「——ッ」

カイルと唇を重ねたくて仕方がなかったクロウは、夫人の言葉に我に返った。

彼女の存在を一瞬《いっしゅん》忘れており、本当に兄の唇を塞《ふさ》いでしまいそうだったが、慌《あわ》てて身を引く。

それはカイルも同じことで、朧《おぼろ》げだが、ばつの悪い表情をしているように見えた。

「お互いを想《おも》い合う美しい兄弟愛を見せていただいた御礼《おれい》に、一つよい話をしてあげましょう。だいぶ昔の話ですが……オーデンとグリーンヴァリーが敵対していた頃《ころ》のこと……国境近くに、それはそれは美しい領主様が住んでいたそうですよ。背が高く、脚《あし》が長くて、何をやっても人より秀《ひい》でていて、まるでカイル王太子殿下……貴方《あなた》のように恵《めぐ》まれた青年だったそうです」

夫人はカイルの体の線をなぞるように手を動かし、さらに宙に大きく両手を振り上げながら、「彼は素晴《すば》らしく立派な城を持っていました」と、昔話を続ける。

いったい何を語りだすのかと……不安な気持ちになりながらも、クロウは彼女が前置きした「よい話」という言葉を信じて、じっと耳を澄《す》ませた。

カイルもまた、長椅子の前に立った状態で聴《き》き入っている。

「しかし……その領主がカイル殿下と決定的に違ったのは、容姿に心が伴《ともな》わなかったことです。劣等感《れっとうかん》など持っていない彼はとにかく傲慢《ごうまん》で我が儘《まま》で……弱い立場の者や貧しい者、老いた者、醜《みにく》い者に容赦《ようしゃ》がありませんでした。彼らの気持ちがわからないうえに……相手の立場になって考えるという思いやりが欠如《けつじょ》していたのです。利用価値のない者にはとても冷たく接していたため……とうとう魔女の怒りを買《か》い、呪《のろ》われてしまいました」

「――魔女の怒りを？」

同じく魔女である侯爵夫人の言葉をそのまま返したのは、カイルだった。

昔話に出てくる領主と同じように、カイルもまた、魔女の呪いを受けている。

カイルの場合は彼自身が怒りを買ったわけではないが、呪われているのは同じだ。

「美しい領主は、呪いによって恐《おそ》ろしく醜い野獣《やじゅう》に姿を変えられたのです」

「――ッ……！」

「それはもう、姿形だけではなく心まで荒《すさ》み切って酷《ひど》いものでしたが……でも、領主は一人の女性に恋をしました。誰《だれ》もが知っている通り、恋は人を変えるものです。彼は思い通りにならない苦しみや、醜く粗暴《そぼう》な自分を恥《は》じる気持ちを知り、途轍《とてつ》もない劣等感の中で過去の行いを悔《く》いました。反省と彼女への愛によって、彼は変わり……彼女の幸福のために、自らの幸福を犠牲《ぎせい》にできるようになったのです。そんな彼の愛情や、一生懸命《いっしょうけんめい》な姿に心を打たれて、彼女も彼を愛するようになります。二人は真実の愛を手に入れて、呪いなどものともせずに口づけを交《か》わし、抱《だ》き合ったのです」

「……それで、どうなったのですか？」

絶句しているカイルに代わり、クロウは呪いと恋の物語の結末を求める。

知りたがっているのはカイルも同じだった。沈黙《ちんもく》しながら固唾《かたず》を呑《の》む。

クロウの霞《かす》んだ視界の中で、夫人の赤い唇がにっこりと、笑《え》みの形に動きだした。

「二人はベッドを共にし……彼女は醜い野獣である領主を、体と心の両方で受け入れました。姿形に囚《とら》われず、激しく愛し合ったのです。するとたちまち奇跡《きせき》が起きました。真実の愛は、解けないはずの呪いを解き……野獣は元の美しい青年の姿を取り戻《もど》します。もちろん、容姿の美しさに心が伴った状態です。彼らは慈愛《じあい》に満ちた完璧《かんぺき》な恋人同士になり、領民からも敬われ、末永く幸せに暮らしたそうですよ」

夫人は両手を大きく広げると、「この世に明けない夜はないわ。解けない呪いなんて、本当はないはずよ。愛よりも恨《うら》みの方が強いなんて、いったい誰が決めたの？」と、歌でも歌うかのようにリズミカルな口調で語った。

　セントリア侯爵夫人が去ったあと、クロウはカイルと共に寝室《しんしつ》に戻った。

編み掛《か》けのショールが置いてある暖炉《だんろ》の近くの長椅子《ながいす》で、随分《ずいぶん》と長い時間、会話もなく寄り添《そ》い合った。

　クロウが沈黙していたのは迷っていたからではなく、カイルの答えを待っていたからだ。

　これから先のことを考えるのも悩《なや》むのも、決めるのもカイルであり、クロウは兄に従うしかない。自分には恋《こい》の苦しみがあるが、兄はより多くの苦しみを背負いながら生きている。兄の決断を尊重し、我慢《がまん》して待つのは当然だと思った。

「あれは夫人の作り話だ」

「お兄様……」

「彼女は、地獄《じごく》の使者の正体が私だと察しているのかもしれない。察したところで触れて回るような人ではないと信じたいが……」

「それは大丈夫《だいじょうぶ》だと思います。そんな人ではないでしょう？」

「そうだな、その目を治してくれた恩人だ。一生、感謝しなくてはいけないな」

　クロウはカイルに肩《かた》を抱《だ》かれながらも、兄の心に寄り添えていないことに気づく。

　自分が考えていることは、兄の呪いを解くことや恋を成就《じょうじゅ》させることばかりだが、兄はより多くの問題を抱《かか》えているのだ。

地獄の使者と呼ばれている獣《けもの》の正体を隠《かく》し、次期国王の座に即《つ》いてなんとしてでも弟の身を守ろうとしている。

そして第二王子スノーホワイトが塔《とう》を出て城にいることを、王に知られてはならないという緊張感《きんちょうかん》の中で日々を過ごしているのだ。

呪いを解くという、不可能に近いことよりも……そして禁忌《きんき》の恋に身を委《ゆだ》ねることよりも、目下守らなければならないことがカイルにはある。

「――私は、君の目が治って……元気な姿で傍《そば》にいてくれるだけで十分に幸せだ。たとえあの浅ましい呪いから逃《のが》れられなくても、夜が明けた時に君の顔を見て、子守歌《こもりうた》を歌ってもらえるなら、それだけで救われる。君の隣《となり》で眠《ねむ》り、悪《あ》しき記憶《きおく》を浄化《じょうか》し……また一日、王太子らしく振《ふ》る舞《ま》うことができる。王になっても、それは同じだ」

呪いを解くことを諦《あきら》め、禁忌を犯《おか》すことを避《さ》けて、毎夜繰《く》り返される苦痛をこの先も独りで引き受けようとするカイルに、クロウは「嫌《いや》です」と返す。

兄の考えや決断に従うつもりでいたが、こんな答えにはついていけない。

やはり無理だ。どうして罪のない兄ばかりを苦しめて、平気でいられるだろうか。

「お兄様にだけ苦しみを負わせて、ただ待っているなんて嫌です。僕達ならきっと呪いを解くことができます。少なくとも僕は、お兄様を愛しています」

「やめなさい、スノーホワイト。私も君を愛しているが……これは、兄としての愛情だ。君が産まれた時、母は産後の肥立ちが悪く、父は頼《たよ》りなくなっていて、私はそんな両親に代わって君を可愛《かわい》がった。兄というよりは親のように、君を愛したんだ」

「お兄様の方こそ、やめてください。そんな言葉は信じません」

本当に信じない。今すぐ嘘《うそ》だと言ってほしい。

君への愛情は、劣情《れつじょう》を伴うものだ――と認めてほしい。

ビーストが時折向けてきた熱い視線が、兄や親としてのものだったなんて思えなかった。勘違《かんちが》いだなんて、そんなはずはない……今この瞬間《しゅんかん》も、兄の手や視線から迷いを感じる。迷うということは一つに思い切れていないということ――禁忌を犯す可能性を孕《はら》んでいるということだ。

「お兄様は僕が元気な姿で傍にいれば幸せだと仰《おっしゃ》るけれど、僕は、お兄様の傍にいるだけでは幸せになれません。お兄様が夜ごと苦しんでいることを知りながら……何もできずにただ子守歌を歌って癒《いや》すなんて。僕は籠《かご》の中の鳥でもなければ、発条《ぜんまい》仕掛《じかけ》のオルゴールでもありません。身も心も愛されたいし……愛したい。意志も肉体もある一人の人間です。少しでも希望があるなら、愛の力を試《ため》してみたい」

「スノーホワイト……ッ」

カイルに肩を抱かれていたクロウは、いきなり体重を掛けてカイルの体を長椅子に押し倒《たお》す。不完全ながらも表情がわかり、蒼玉石《サファイア》の瞳《ひとみ》が正円に見えた。

いったい何が起きているのかと、驚《おどろ》くばかりの顔をしている。

「お兄様を呪いから解放する手段があるなら……少しでも可能性があるなら、それに賭《か》けてもいいですか？　もう我慢しなくてもいいですか？」

「──ッ、ゥ……」

クロウはカイルの胸元《むなもと》を押さえながら身を沈《しず》め、彼の唇《くちびる》を塞《ふさ》ぐ。

肖像画《しょうぞうが》で見ていた時よりも遥《はる》かに美しい唇を割り、間に舌をねじ込んだ。

絵のように硬《かた》くはなく、冷たくもない、本物の唇──。

愛《いと》しい兄の唇を捏《こ》ねるように崩《くず》し、舌を追い求めるだけで幸せだった。

瞼《まぶた》を閉じても、目が見えても見えなくても関係なく……世界が色とりどりの美しい花で埋《う》め尽《つ》くされる。

「ん、ふ……ぅ」

「──ッ、スノー……！」

カイルは顔を仰《の》け反らせて抗《あらが》うばかりで、華奢《きゃしゃ》なクロウの体を突《つ》き飛ばせない。

弟を大切に扱《あつか》いたい気持ちが先に立ち、力の加減がわからない様子だった。

「──く、ふ……ぅ」

顔を斜《なな》めにして再び唇を捕《と》らえたクロウは、左手でカイルの胸と肩を押さえつけ、利《き》き手を彼の脚《あし》の間に忍《しの》ばせる。

青い瞳のビーストが送ってきた視線の熱さも、正気ではない時の彼に犯され掛けた事実も、すべてはカイルの潜在的《せんざいてき》な願望から来るものだと信じたくて──どうしても、それを確かめたかった。

「ん、う……ぅ」

「……ッ、ゥ！」

白い脚衣《きゃくい》の上から触《ふ》れたカイルの雄《おす》は、疑いようもないほど兆《きざ》していた。

反応がないことを恐《おそ》れていたクロウの右手を押し返して、力強く脈打っている。

触れた瞬間は肉としての柔《やわ》らかさが残っていたが、一撫《な》でするごとに硬さが増し、平常時の姿と大きく掛け離《はな》れていった。

「お兄様……嬉《うれ》しい……っ」

「──ッ、スノー……ホワイト……」

ビーストの裸体《らたい》を毎日見てきたクロウには、今触れている物の変化がよくわかる。

こんなふうにしながらも苦しげに眉《まゆ》を寄せる兄が、憐《あわ》れで愛しくてならなかった。

外の世界に比べたら窮屈《きゅうくつ》な塔で育った自分は、その分、浮世《うきよ》のしがらみに囚《とら》われることなく、自由に人を愛することができる。好きなものは好きだと言ってしまえる。

相手が毛深い獣人であろうと、実の兄であろうと、心を阻《はば》むものは何もない。

相手の気持ちを考えて言動だけは抑《おさ》えてきたが、最早《もはや》それも無意味だ。

「スノー……ホワイト……ッ、やめなさい……」

「お兄様……っ、無理です……だって、こんなに……」

「――ッ、ゥ、ァ……！」

カイルの上着と脚衣を寛《くつろ》げたクロウは、下着の中から突きだす性器に喉《のど》を鳴らす。

黒い剛毛《ごうもう》に覆《おお》われていたビーストの肉体とは大違《おおちが》いに、カイルの胸や腹は滑《なめ》らかで、無駄《むだ》な体毛などまるでなかった。性器の根元に生える恥毛《ちもう》は、髪《かみ》と同じ蜂蜜《はちみつ》のような金色だ。

そのうえ柔らかそうで、猛々《たけだけ》しい性器とは裏腹に慎《つつ》ましい。

「ん、く……ふ……ぅ」

長椅子の座面で身じろぐ兄の体を押さえつけ、クロウは欲《ほっ》する猛りに口づける。

硬く膨《ふく》らんだ先端《せんたん》に向けて走る筋を、下から上へと舐《な》め上げた。

血液の巡《めぐ》りを感じられる太い筋は、舐めれば舐めるほどくっきりと浮《う》き上がり、性器全体に命が吹《ふ》き込まれていくかのようだった。

「は、ふ……ん、っ……」

「――ッ、ハ……ゥ……」

クロウはカイルの脚の間に深く割り込み、昂《たかぶ》りを指で扱《しご》きながら舌を蠢《うごめ》かす。

赤ん坊《ぼう》の頃《ころ》から男の体に慣れ親しみ、どこをどうすればよいか知り尽くしていたが、しかし初めて知る形だ……初めて知る悦《よろこ》びだ。愛する男が、自分の体や行為《こうい》に欲情《よくじょう》して、体の一部をこんなにも大きく変化させている——求められている。「実の兄弟であろうと、君を愛し、抱《だ》きたくてたまらない」と、雄弁《ゆうべん》に語るここが愛しい。

「ん、む……く、ふ……」

「……っ、やめなさい……こんなこと、しては、いけない」

腰《こし》をじりじりと引いて拒絶《きょぜつ》するカイルを裏切り、彼の体はクロウの思うままに猛り続ける。

まだ触れても舐めてもいない先端の小さな肉孔が、寝室《しんしつ》に射《さ》し込む陽射《ひざ》しを受けて光った。

管を上がってきた先走りの滴《しずく》が、ぷっくりと姿を見せる。

「ん、んぅ、ふ……」

括《くび》れの辺りを執拗《しつよう》に舐めると、玉を結んだ透明《とうめい》の滴が流れてきた。

膨らみをなぞって緩《ゆる》い曲線を描《えが》きながら、肉笠の裏側へと入り込む。

「スノーホワイト……ッ、駄目《だめ》だ……もう、やめなさい……そこを、退《ど》いてくれ」

肘《ひじ》を立てて逃《に》げようとしたカイルだったが、立てた肘を座面から滑《すべ》らせてしまう。

片手を床《ゆか》に落とし、がくんっと、かえって背中を沈める結果になった。

欲情を止められないことも含《ふく》めて、自身の失態に動揺《どうよう》しているのは明らかだ。

頭を左右に振り、髪を乱しながら、「やめてくれ……ッ」と、掠《かす》れた声を漏《も》らす。

「お兄様……っ、愛しています……貴方《あなた》を、呪《のろ》いから解放してみせる」

クロウはカイルが体勢を崩した隙《すき》に乗じて、反り返る性器を口に含む。

その瞬間に震《ふる》えるカイルの膝《ひざ》を、体の重みで押さえつけた。

微弱《びじゃく》ながら兄の抵抗《ていこう》は感じており、無理やりなことをしている自覚はあったが、兄の本心を確信できた今、遠慮《えんりょ》などする気にはなれない。

「く……ぅ、ふ……っ」

「──ッ、ン……」

かつて見たこともないほど著大な物を、クロウは喉奥までくわえ込む。

根元から括れに向かって扱き上げ、自分の唇や顎《あご》に手を何度もぶつける勢いで、硬い全長を限《くま》なく愛撫《あいぶ》した。顔を引くたびに舌を使い、蜜《みつ》を漏らす鈴口《すずぐち》を強めに舐める。

「ん、う……は……」

硬く尖《とが》らせた舌を、管に突き入れんばかりに駆使《くし》した。孔を穿《うが》って蜜を求める。

ほどなくして、無味に近い蜜の味が変化し始めた。わずかな塩気を帯びた物から、より生命力の溢《あふ》れる青々とした味へと変わり、次第《しだい》に粘度《ねんど》が増していく。

──お兄様のミルクが……もうすぐ、僕の物に……！

クロウは夢中で性器を舐《ねぶ》りながら、喉の渇《かわ》きに悶《もだ》える。

エルフ達がミルクと呼んでいた精液を、舌に絡《から》めてよく味わって、一滴《いってき》も残さずに飲み干したい。カイルの物を飲めるのかと思うと、考えただけで体が疼《うず》いた。

「う、んんっ、ぅ……！」

頭を上下に激しく動かしながら、クロウは自らの腰を上げる。

貫《つらぬ》かれる悦びはまだ知らないはずなのに、後孔《こうこう》の奥が快楽を待っていた。

兄の愛情が具現化した物を、身の内に取り込みたい……深い所で繋《つな》がりたくてたまらない。

今にも達しそうな雄が愛しくて愛しくて、胸がはち切れそうになる。

「……ッ、ゥ……ァ……！」

クロウの舌を弾《はじ》くように、鈴口から熱い物が噴《ふ》きだす。

開《はだ》けた胸を反り返らせたカイルは、さらに続けて甘く呻《うめ》いた。

その声、その姿にますます心を摑《つか》まれたクロウは、放たれる濃厚《のうこう》な蜜を飲む。

「んく、ぐ……う、ぅ……」

じっくりと味わうつもりが、そんな余裕《よゆう》はとてもなかった。

絶え間なく次々と射精されるため、早く飲み込まなければ追いつかない。

喉の粘膜《ねんまく》に張りつくような濃《こ》さに、クロウの血は沸《わ》き上がった。

満たされたような気分になったのはほんの一瞬《いっしゅん》で、もっと欲しい気持ちが止まらなくなる。

「いけない……もう、やめなさい……私が悪かった」

「お兄様……っ」

カイルの精液を飲んだことは、クロウにとっては始まりのはずだった。

しかしカイルは終わりと捉《とら》えている様子で、これまでとは違《ちが》う強さで体を押し退《の》けてくる。

本気で拒《こば》まれれば兄に敵《かな》うわけがなく、密着していた二つの体は瞬《また》く間に離れてしまった。

「お兄様、どうしてですか？　これでもまだ、僕を弟としてしか見ていないと、そう言い張るつもりですか？　僕は、そんな言葉は信じません」

「どうしても何も……私達は兄弟だ。私は……確かに君を愛していて、それは、ややもすれば兄弟愛とは言い切れないものかもしれない。だが心で想《おも》うのと行動するのとではまったく違う。欲しいと望むことと盗《ぬす》むことが違うように……誰《だれ》かを憎《にく》むことと殺《あや》めることが違うように——私は、君を愛していても抱いてはいけないんだ」

着衣の乱れを整えながら強い口調で拒むカイルを前に、クロウは黙《だま》って涙《なみだ》を呑《の》む。

言葉にならない悲しみと怒《いか》りが込み上げてきて、頭の中で感情が渦巻《うずま》いた。

禁忌《きんき》の愛の存在を、正直に認めてくれたことは嬉しい。

本当はこれほど余りある欲望《よくぼう》を抑え込んでいる兄を、憐れに思う気持ちもある。

けれども結局は乗り越《こ》えてくれないのだと思うと、悲しくて、悔《くや》しくて、物足りなくて……

昂ったまま突《つ》き放された体の不満に、心まで削《けず》られる。

「許してくれ、スノーホワイト……」

俯《うつむ》いたままカイルの謝罪を聞いたクロウは、黙って涙を零《こぼ》した。

お兄様には勇気が足りない。もっと正直に生きてください——そう言ってしまいたかったが、唇《くちびる》を噛《か》み締《し》める。

夜通し殺生《せっしょう》を繰《く》り返し、浅ましい行為に及《およ》ぶ己《おのれ》を誰よりも忌《い》み嫌《きら》っているカイルが、道徳を重んじて清く正しく生きようとする気持ちは理解できた。

十七年間、エルフや兄に守られてのうのうと育った自分が、兄を責められる道理がない。

自分の欲求《よっきゅう》が満たされないからといって、兄の生き方を否定するのは勝手過ぎる。

彼が言っている通り、心で愚痴《ぐち》を零すのと、実際に口にするのとでは違うのだ。

どうしたって不満を感じてしまうが、それは呑み込むべき言葉だった。

「独りに、してください。体も気持ちも、鎮《しず》めないと……」

幾分《いくぶん》ぼんやりとした視界の中で、クロウは編み掛《か》けのショールに手を伸《の》ばした。

がっと思い切り摑むと、カイルに背を向ける恰好《かっこう》で長椅子《ながいす》に座り直す。

苛立《いらだ》ち紛《まぎ》れに編み棒を握《にぎ》って、黙々《もくもく》と編み物を再開した。

何か別のことに気持ちを向けるしかないと思い、懸命《けんめい》に集中して手を動かすが、しかし手が動いたところで気持ちの行き場は変わらない。

兄を愛し、愛されながらも、結局は兄を苦しみから救えず……それどころかこうして無理に迫《せま》ることで兄をより傷つけ、役に立てないままの自分が嫌《いや》だった。

情欲《じょうよく》を伴《ともな》う愛情を抱きながらも自らを縛《しば》り、抑制《よくせい》を振《ふ》り切ってくれない兄への不満と、振り切らせることができない自分への苛立ちが募《つの》っていく。

「君が許してくれるまで、別の部屋にいるよ」

勢いよく編み物を続けていると、肩《かた》にそっと触《ふ》れられた。

用事があって離《はな》れる時、いつもなら額や頬《ほお》にキスをしてくれるが、今は何もない。

これからはもう、そういった接触《せっしょく》すら望めないのかと思うと、馬鹿《ばか》なことをした後悔《こうかい》に打ちひしがれた。

やはり自分が間違《まちが》っていたのかもしれない。

兄の意思を尊重するつもりだったのに、どうしても我慢《がまん》ができなかった。

呪いを解ける可能性があるなら、なんでもやってみたいと思った気持ちは本当だ。

しかしそれだけではなく、自分自身の欲望に負けた部分もあった気がする。

兄はいつも己を律して闘《たたか》っているのに、自分はろくに抑《おさ》えることもなく大義名分を掲《かか》げて、欲望のままに動いた。そうして兄を傷つけ、その結果……これまでのように可愛《かわい》がってもらえなくなるのかと思うと、涙が止まらなくなる。

「――ぅ、う……っ」

自分は自業自得《じごうじとく》だけれど、兄は今どんな気持ちでいるだろう。

血なまぐさい夜を終え、明け方に弟の寝顔《ねがお》を見つめて、そっと頬に触れたり額に口づけたり、抱《だ》き締めたり――一線を越《こ》えない範囲《はんい》で弟を可愛がるのが細《ささ》やかな幸せだったのに、身勝手な愛を押しつけて、それすらも奪《うば》ってしまった。

9

夜になってもクロウは編み物を続け、カイルが寝室に戻《もど》ってくるのを待っていた。君が許してくれるまで別の部屋にいる——その言葉通り、クロウが声を掛けるまで、ここに戻るつもりはないらしい。

しかし地下道に続く隠《かく》し扉《とびら》があるのはこの部屋のみと聞いているので、午前零時《れいじ》が迫ったら否応《いやおう》なく顔を合わせることになるだろう。

その時までに編み物を半分終えるつもりで、クロウは素早《すばや》く手を動かしていた。

視力がほぼ回復して編みやすくなったため、自分のショールは疾《と》うに編み終えている。

カイルの家臣に相談して、蒼玉石《サファイア》の色をした質のよい毛糸を用意してもらい、今は膝掛《ひざか》けを編んでいた。春が来ているとはいえ、暖炉《だんろ》から離れると薄《うす》ら寒い季節なので、時々でも使ってもらえたらと思っている。

——お兄様が戻ってきたら、笑顔《えがお》でこれを見せて……何事もなかったみたいに振る舞《ま》おう。そうすれば、獣化する午前零時を前に少しは気持ちが安らぐかもしれないし、明け方に帰ってきた時……僕を弟として可愛がりやすくなるかもしれない。朝までに完成させて……お兄様が帰ってきたらプレゼントしよう。そしていつものように、心を籠《こ》めて子守歌《こもりうた》を歌うんだ。心身共に疲《つか》れ果てたお兄様の髪《かみ》を撫《な》でて……ゆっくり休ませてあげたい……。

本当はそんなものでは足りないし、呪《のろ》いを解くためにビーストの姿の兄や、普段《ふだん》の兄と体を繋げて愛を確かめてみたいけれど、それが兄をより苦しめることになるなら、やはり弟として癒《いや》しの存在でいるしかない。

カイルの気持ちが変わる時まで、今は焦《あせ》らず構えるべきだ。

クロウは編み棒を器用に動かしつつ、カイルが部屋に来る時を待つ。

趣向《しゅこう》を凝《こ》らした柄《がら》を入れて編んでいると、思いの外早く扉をノックする音が聞こえてきた。

集中し過ぎて時間の感覚が狂《くる》ったのかと疑ったが、時計を見た限り気のせいではなかった。

カイルが地下道に下りるのは、まだだいぶ先だ。

「カイル、私だ。入るぞ」

寝室《しんしつ》の扉をノックした人物は、低く重たい声の男だった。

クロウはこれまでに何人か、カイルが信頼《しんらい》している家臣の男達に会ったことがあるが、この訪問者は彼らの誰よりも年配のようだ。

何より、カイルの名を呼び捨てにしていることに驚《おどろ》かされる。

入室の断りは入れつつも、部屋の主《あるじ》の許しを得ずに扉を開けたのは、亜麻色《あまいろ》の髪の背の高い男だった。臙脂色《えんじいろ》の貴族らしい服を着ているようだが、クロウの視力はまだ完全ではないため、距離《きょり》があるとよく見えない。

「――君は？」

長椅子に座って編み物をしていたクロウは、隠れた方がよかったのでは……と思いながらも、そんな隙《すき》を与《あた》えてくれない男の行動に困惑《こんわく》した。

顔を見られてしまったので、仕方なく「御機嫌《ごきげん》よう」とだけ口にする。

相手が誰だかわからないため、名乗るわけにはいかなかった。

焦燥《しょうそう》しつつも思考は働かせ、編み棒を握り締めて考える。

カイルを呼び捨てにできる人物は誰か――第一に思いつくのは父王だが、彼はカイルと同じ見事なブロンドの持ち主だと聞いている。

それに、今現れた人物は服装からして一国の王には見えなかった。

佩用《はいよう》している勲章《くんしょう》は非常に多く、王族かそれに準ずる貴族に見える。

年齢《ねんれい》は、おそらく父王と同じくらいだ。

「スノーホワイト……ッ、まさか……第二王子スノーホワイトか⁉」

駆《か》け寄ってきた男の顔立ちがよく見えるようになると同時に、クロウは彼が何者であるかに思い至る。

「ああ、スノーホワイト王妃《おうひ》に瓜二《うりふた》つだ。信じられない！」

「もしや……叔父《おじ》様ですか？」

「そうだよ、君の叔父のフィリップだ！　驚いたな、綺麗《きれい》になって……」

七人のエルフからもカイルからも、彼の名前は何度か聞かされていた。

父王の実弟《じってい》、フィリップ・ラグナクリス大公——元々は隣国《りんごく》オーデンの第四王子で、次兄《じけい》のプリスがグリーンヴァリー王国に婿入《むこい》りする際、その補佐《ほさ》をするために王妃スノーホワイトの従妹《いとこ》と結婚《けっこん》し、同時に婿入りしていた。

「黒い森の塔《とう》に幽閉《ゆうへい》されているはずの君が……何故《なぜ》ここに？ いや、訊《き》くまでもなくカイルが連れてきたんだろうが……カイルは何故私に話してくれなかったのだろう。私はそんなに信用ならない叔父だろうか」

フィリップは髪と同じ色の眉《まゆ》と口髭《くちひげ》を歪《ゆが》めつつ、酷《ひど》く悲しそうな顔をする。

長椅子に座ったまま困惑するクロウの前で、少しだけ膝《ひざ》を折った。

「近頃《ちかごろ》カイルの様子がおかしくて。今日も新しい酒税に関する非常に重要な決議があったのに、無断で欠席したんだ。おかげで兄の勝手にされてしまった」

「……え？ お兄様が？」

「以前のカイルは兄と……国王と激しく言い争うほど真剣《しんけん》に民《たみ》のことを考えていたのに、一年ほど前からだろうか、酷く疲れて悩《なや》んでいる様子を見せるようになった。それでも民の不利になるようなことをする男ではなかったのに……ここ数日は本当に酷い有様だ。遠路《えんろ》遥々《はるばる》やって来た領主を半日も待たせた挙げ句にわずかな時間しか話を聞いてやらず、それすらぼんやりと眠《ねむ》そうな顔をしながらだった。横で見ていて腹が立って、怒鳴《どな》りつけたいくらいだったんだ。

いったい何故あのようになってしまったのやらと、怒《いか》り任せにこうして事情を聞きにきたわけだが、君を見て納得《なっとく》したよ」

「叔父様……」

カイルの未来の姿に近いものを感じさせるフィリップは、クロウの手を握りながら苦々しい顔をした。

今にして思えば、部屋に入ってきた時の彼は眉を吊《つ》り上げていて、声も低く、怒《いか》りの感情を燃え上がらせていた気がする。

叔父としてカイルの悪い行状について問い質《ただ》し、叱《しか》るためにここに来たのだ。

「カイルは君を塔から連れだしたものの……国王に見つかれば君が殺されてしまうと思うと不安で、民のことを考える余裕《よゆう》がなかったのだろう。王太子としては感心できないが、カイルにとって君は特別だ。人としては無理もないのかもしれない」

「──特別……？」

クロウは頼《たの》もしい大きな手に包まれながら、首を傾《かし》げる。

カイルが自分を特別大切にしてくれているのはわかっていたが、もしも何か自分が知らない事実があるなら、叔父の口から聞きたかった。

自分がどう特別で、どれだけ愛されているのかを知りたいわけではない。

いったい何をすればカイルの役に立てるか、兄が何を求めているのか、それが知りたい。

フィリップはクロウの問いに対し、「君はカイルにとって、唯一《ゆいいつ》の家族なのかもしれない」と言いながら、自身は家族の一員ではないことを残念がる表情を見せた。

「唯一の家族……ですか?」

「そうだよ。父親である国王は元々少しおかしなところがあるし、スノーホワイト王妃は秘密主義で残忍《ざんにん》な一面があって、カイルは幼い頃《ころ》からいつも緊張《きんちょう》していたように思う。私を含《ふく》め、誰《だれ》も信用できないと考えていたのか……微笑《ほほえ》みを浮《う》かべながらも警戒《けいかい》している印象を受けた。ところが、君が産まれてから塔に幽閉されるまでの三ヵ月間は、雰囲気《ふんいき》がまるで違《ちが》ったんだ。カイルは父や母にでもなったかのように君の面倒《めんどう》を甲斐甲斐《かいがい》しく見ていたが、にもかかわらず表情がとても子供らしかった。心から信じられる唯一の家族を手に入れた喜びに満たされて、安心していたのかもしれない」

フィリップの話を聞いていると、記憶《きおく》にないはずの幼い兄の笑顔が浮かんでくる。

カイルが兄弟の関係を壊《こわ》せない理由も、わかったような気がした。

彼にとって自分は、本当に唯一の家族なのかもしれない。

それを崩《くず》すのは、弟の自分が思う以上に抵抗《ていこう》のあるものなのだろう。

人々から褒《ほ》めそやされる立派な王太子であったカイルが、呪いを抱《かか》え、誰にも心を許せずにいたのかと思うと、黒い森の塔に幽閉されていた長い年月が悔《く》やまれる。

ずっと傍《そば》にいられたら、兄の苦しみを和《やわ》らげることができただろうに——。

「唯一の家族を……拠《よ》り所を、引き離《はな》すなんて……お父様は酷い人ですね」

「まったくその通りだ。新しい酒税にしても、スノーホワイト王妃の腐敗《ふはい》した亡骸《なきがら》を元通りにするために大陸中の魔女《まじょ》やエルフを城に招き、実現できた者に報奨金《ほうしょう》を支払《しはら》うための税金だ。民のことなど考えてはいない。妻を愛し抜《ぬ》くのは素晴《すば》らしいことだと思うが、死んでしまった以上、生きている息子《むすこ》や守るべき民のことを最優先に考えるべきだろう？　今はまだカイルという希望が残されているから暴動程度で済んでいるが、度を越《こ》せばカイルが即位《そくい》する前に取り返しのつかないことが起きてしまう。要するに革命だ！　そうなれば当然……オーデンを除く近隣《きんりん》諸国に攻《せ》め入られる！　君を幽閉し、カイルを孤独《こどく》にして苦しめ……民から税を毟《むし》り取るだけの腑《ふ》抜《ぬ》けた王なんて、さっさと死んでしまえばいい！」

「叔父様……！」

徐々《じょじょ》に声を荒《あら》らげたフィリップは、最後には恐《おそ》ろしい言葉を口にし、クロウの手を突《つ》き放す。

その反動で編み物が一式、籠《かご》ごとすべて床《ゆか》に落ちて散らばったが、激昂《げきこう》のあまりそんな物は目にも入らない様子だった。

「私の手で……っ、あの愚兄《ぐけい》の息の根を止めてやりたい。そんなに妻が恋《こい》しいなら、さっさと妻の許《もと》へ行けばいいんだ！」

我に返ることも冷静になることもなく、フィリップは大きな声で怒鳴り散らす。

獣《けもの》の如《ごと》く血走った目をしながら、扉《とびら》の方を向いた。

他《ほか》の部屋にいるカイルを捜《さが》し、近頃の行状について咎《とが》める気なのか、それとも王に抗議《こうぎ》しに行くつもりなのか、憤慨《ふんがい》にたえない様子で去っていく。

──息の根を止めてやりたいだなんて……そんな、まさか……お父様に何かする気では……。

荒々《あらあら》しく閉じられた扉の音に震《ふる》えたクロウは、床に手を伸《の》ばす。

まずは籠を摑《つか》み、散らばった編み棒や毛糸を拾いながら父王の姿を想《おも》った。

実際に会ったことがないため、フィリップの姿にカイルの金髪《きんぱつ》を掛《か》け合わせ、王冠《おうかん》を載《の》せただけのものだったが、それでも唯一の父親として意識する。

もちろん父のした行為《こうい》に対する不満や恨《うら》みに近い感情はあったが、だからといって、なんの話し合いもなくいなくなってほしい人ではない。

面と向かって言葉を交《か》わし、この城で暮らす許しを請《こ》いたかった。

父王の許可を得れば、カイルはクロウを匿《かくま》っていることがいつ発覚するかと怯《おび》えなくて済む。王太子としての役目もきちんと果たせるようになり、フィリップを怒らせることもなくなるだろう。

鏡の魔女の呪《のろ》いを受けた兄は、それだけでも十分過ぎるほどつらい日々を送っているのだ。弟を匿っていることが発覚したら、弟が処刑《しょけい》されてしまうかもしれない──という、大きな懸念《けねん》をなくすことができるなら、それに越したことはない。

──そうだ……このブレスレットを使えば……。

青い毛糸を握《にぎ》った左手に目を留めたクロウは、エルフ達が遺《のこ》した石を掲《かか》げる。若さを司《つかさど》る魔力《まりよく》が強かった、七人のエルフ——彼らの魔力が籠《こも》っている七粒《ななつぶ》の石を、魔女であるセントリア侯爵《こうしやく》夫人は欲しがっていた。

これを手に入れれば魔力が変化し、若返るのも夢ではないと言っていたのだ。彼女や彼女を上回る魔力を持った魔女がエルフの石を使えば、新たな魔法の誕生が期待できる。

——この石があれば……高い税金を徴収《ちようしゆう》しなくても奇跡《きせき》を起こせるかもしれない。お母様の遺体の時間が戻《もど》って若返るように綺麗《きれい》になったら、お父様の心の病もよくなるかもしれないし、叔父《おじ》様の怒りは静まる。すべてが上手《うま》くいけば僕はこの城で暮らすことを許されて、お兄様は以前の状態に戻れる。あとは、お兄様の気持ちが変わるのを焦《あせ》らずに待てばいい。真実の愛が呪いに勝てるかどうか……罪を犯《おか》してでも試《ため》す気になるまで……僕は子守歌《こもりうた》を歌いながら待ち続ける。

クロウは左手首のブレスレットを右手で握り、叔父によって齎《もたら》された震えを止める。

今日決まったばかりの新しい酒税が施行《しこう》される前に、一刻も早く父王に会って、七粒の石が持つ可能性の話をしようと思った。

父王にとって何より大切なのは亡き王妃《おうひ》の亡骸であり、幽閉《ゆうへい》した第二王子が塔《とう》から出たことよりも、王妃の遺体が元の美しい状態に戻ることの方が余程大きな出来事なのは間違《まちが》いない。

——お兄様、勝手をしてごめんなさい。僕は、お父様に会いにいきます。

クロウはフィリップのあとを追って寝室《しんしつ》を飛びだし、カイルの部屋が連なる廊下《ろうか》に出た。

ずらりと並んだ扉はどれも閉じていて、カイルの居場所はわからない。

廊下の先にある大きな門扉《もんぴ》の向こうに衛兵が立っていたが、フィリップが来たからなのか、それとも出ていったからなのか、扉は少し開いている状態だった。

それを閉じようとしていた衛兵達は、クロウが近づくと敬礼する。

引き続き扉を閉めようとしていたが、クロウはそれを阻止《そし》すべく、「待って」と声を掛けた。

「叔父様は？　ここから出ていかれましたか？」

「スノーホワイト殿下《でんか》……ですね？　恐れながら、お答え致《いた》します。ラグナクリス大公は大層お怒《いか》りのご様子で、王太子殿下の寝室から飛びだすなり出ていかれました」

「そうですか、ありがとうございます。叔父様を宥《なだ》めに行ってきます」

「い、いけません！　ここから出るのは危険です！」

「お兄様の許可は取ってあります。心配しないでください」

クロウはフィリップが父王に何かするのではないかと不安でたまらなくなり、二人の衛兵に向かって嘘《うそ》を言った。

彼らはクロウをここから出さないよう厳しく言われているが、カイルが現在どの部屋にいて、直前に誰と対話したかまでは把握《はあく》していないと思われた。

部屋は無数にあり、わざわざ廊下に出なくとも内側で繋《つな》がっているからだ。

衛兵はそれでも止めようとしたが、クロウは半ば強引《ごういん》に門扉の先に進む。

廊下には金色に塗《ぬ》られた蠟燭《ろうそく》が等間隔《とうかんかく》に並んでいて、視力が完全に戻っていなくても十分に歩くことができた。むしろ日中の眩《まぶ》しさよりも目に優《やさ》しく、廊下の先まで見渡《みわた》せる。

後ろから追い掛けられそうな気配を感じたクロウは、衛兵達の目が届かない階段に向かい、上へ上へと急いだ。

カイルから、「特に危険な場所」として、王の居室の位置は聞かされている。

怒《くる》り狂う叔父のフィリップが父王の所に行ったのかどうかはわからないが、もしも行ったのだとしたら、なおさら急がなければならない。

元々は隣国《りんごく》の王子で、共にこの国に婿《むこ》入りし、協力し合う仲のよい兄弟だったという二人の間に間違いが起きないように――エルフの石を父王に見せ、暗い心に希望の光を灯《とも》したい。

――お父様……どうか、ご無事で……！

先端《せんたん》が薔薇《ばら》の形になっている真鍮《しんちゅう》の手摺《てすり》を摑み、大理石の階段を上がった先に、大きく開けた廊下があった。

階段と同じ大理石の床は鏡のように磨《みが》き抜かれ、金糸で薔薇の刺繡《ししゅう》が施《ほどこ》された緋色《ひいろ》の絨毯《じゅうたん》が中央に敷《し》かれている。

廊下の幅《はば》は広いが、絨毯の幅はそれほど広くはなかった。

これは王だけが踏《ふ》んでもよい物なのだと、以前エルフのエルンストから聞いたことがある。

真《す》っ直ぐに長く延びている絨毯の先には、やはり薔薇の装飾《そうしょく》が施された鑓《やり》を手にした衛兵が、四人も立っていた。

その先に聳《そび》えるのは天井《てんじょう》まで届く金色の扉で、王冠や花や鳥、そしてたくさんの実をつけた林檎《りんご》の木が彫《ほ》られている。

——お母様も林檎が好きだったって、皆《みんな》が言ってた……。

クロウは衛兵達の緊張感《きんちょうかん》を肌《はだ》で感じながら、緋絨毯のすぐ横を歩いていく。

無防備なうえに子供に見えるクロウに対して、彼らは警戒《けいかい》していなかったが、クロウの姿を間近で見るなり、幽霊《ゆうれい》でも見たかのように目を剝《む》いた。

誰《だれ》も何も言わなかったが、ヒッと息を呑《の》んだのは間違いない。

大きく後ずさる者もいて、鑓が扉に当たって鐘《かね》に近い音が響《ひび》いた。

「僕は、第二王子スノーホワイトです。お父様が……国王陛下がまだ起きていらっしゃるならお会いしたいのですが、今はラグナクリス大公とお話し中でしょうか？」

クロウは衛兵の顔を一人一人しっかりと見ることで、自分の顔を見せつける。

身分を保証してくれるカイルがいない以上、第二王子であることを証明するには、亡き母に生き写しの顔に頼《たよ》るしかなかった。

「スノーホワイト様……！」

衛兵達は四人揃《そろ》って床に膝《ひざ》をつき、恐れ多いとばかりに頭を低くする。

スノーホワイト王妃は、王妃とはいっても嫁《とつ》いできた女性ではなく、このグリーンヴァリー王国唯一《ゆいいつ》の王女であり、本来なら女王として君臨することができた女性だ。

隣国オーデンの第二王子だったプリスと結婚《けっこん》し、王位を譲《ゆず》る形で王妃となったが、民《たみ》からも貴族からも、王よりも王妃の方が愛されている。

そんな王妃によく似たクロウの姿に、衛兵達は涙《なみだ》をこらえ、何度も何度も、「ああ……スノーホワイト様！」と、感極《きわ》まった様子で口にした。

果てはとうとう泣きだして、鎧など床《ゆか》に寝《ね》かせてしまう。

「国王陛下は、明け方頃《ごろ》まで起きていらっしゃるかと存じます」

「ラグナクリス大公は、お見えになっていません」

クロウの問いに答えた衛兵達は、我先にと扉《とびら》を開いた。

彫刻《ちょうこく》が施された扉は、木製だが非常に厚い。

完全に開くと内側の彫刻と廊下の壁《かべ》の柄《がら》が繋がり、一つの絵になるように作られていた。

外側と同様に金色に塗られた扉の内側には、林檎を手にする可愛《かわい》らしい王女の姿が彫られていた。今のクロウよりもさらに幼い、かつてのスノーホワイト王女だ。

衛兵達の答えに胸《むね》を撫《な》で下ろし、微笑《ほほえ》みながら礼を言ったクロウだったが、亡き母と自分の繋がりを感じる空間に踏み込むなり、鼻を衝《つ》く異臭《いしゅう》に息を止める。

――なんだろう、この臭《にお》い……甘酸《あまず》っぱいような……。

背後の扉が閉まると、臭気は一層酷《ひど》くなった。

スノーホワイト王妃の遺体が腐《くさ》り始めたことは聞いていたが、今感じるのは林檎とワインの臭いだ。臭《くさ》いと感じるが、しかし完全な悪臭《あくしゅう》とは言い切れない。

葡萄《ぶどう》や林檎が腐った時の不快な臭いと、林檎を煮詰《につ》めた際に漂《ただよ》う甘い芳香《ほうこう》、さらにシナモンの蠱惑《こわく》的な香《かお》りが混ざっている。

──腐臭《ふしゅう》を消すために、この香りを……？

クロウはシャツの袖《そで》を指先まで引っ張ると、顔を押さえて廊下を進む。

扉は無数にあったが、国王がどの部屋にいるのかはすぐにわかった。

最奥《さいおう》の部屋の扉が光に縁取《ふちど》られている。それもかなりの明るさだ。

──大量の林檎を、ワインやシナモンと合わせて煮てるんだ。あの部屋で……。

クロウは蠟燭の灯りだけとは思えない光と、むせ返る煮林檎の香りに酔《よ》う。

最初は臭いと感じたはずだったが、今は芳香として感じ取れる。

袖を使って臭気を遮《さえぎ》る必要もなくなり、香気《こうき》に変わったそれを自ら吸った。

──なんだろう、おかしな気分……空を飛んでいるみたいに、ふわふわしてる……。

ここに何をしに来たのか、父王に会ったらまず何を言うつもりだったのか……匂《にお》いを嗅《か》げば嗅ぐほどわからなくなった。

立ち止まって頭の中を整理しようにも、ぼうっと熱が回って思考が一つに纏《まと》まらない。

真っ直ぐ歩くことさえできなくなり、そのくせ足を止められずに進んでしまう。

危険な予感に襲《おそ》われながらも、甚《いた》く気持ちがよかった。

光の線で縁取られた扉に吸い寄せられたクロウは、視界の隅《すみ》に入ってくる母——王妃スノーホワイトの肖像画《しょうぞうが》の前を歩き続ける。

鏡を見ているのかと思うほど自分によく似た、王妃……或《あ》るいは王女時代のスノーホワイトは、とても幸せそうに微笑んでいた。赤い林檎を手にしている絵が多く、カイル王太子によく似た夫と寄り添《そ》っている絵や、幼いカイルを抱《だ》いている肖像画もある。

国中で一番美しいと称《たた》えられ、継母《ままはは》である鏡の魔女《まじょ》に嫉妬《しっと》されて、美しさ故《ゆえ》に命を狙《ねら》われたほどの美少女——。

黒い森に逃《に》げ、七人のエルフに匿《かくま》われ、彼らの精液を飲むことで老い難《にく》い体を手に入れた。

好物の林檎に毒を仕込まれて一度は死んでしまうものの、隣国の王子に救われ、地位を取り戻《もど》して継母を惨殺《ざんさつ》した王女……。

——お母様は幸せだったのかな……愛する人に狂おしいほど愛されて、本当は自分が受けるべき鏡の魔女の呪《のろ》いを受けずに済んで、よかったと思ったんだろうか？　それとも、我が子が呪われてしまったことを、母親としてより大きな苦しみだと思って……死ぬまで悩《なや》み抜《ぬ》いたんだろうか？　幸せそうに微笑みながらも、本当はお兄様のことで心を痛めて、最期《さいご》の瞬間《しゅんかん》までお兄様の行く末を心配するような、そんな人であったと、そう信じたい……。

異様なほど多く描《えが》かれ、壁の隙間《すきま》を許さんばかりに飾《かざ》られている肖像画の前を通り過ぎたクロウは、光り輝《かがや》く最奥の扉の前に立つ。

その瞬間、城の尖塔《せんとう》に取りつけられた時計の鐘が鳴った。

午前零時《れいじ》十五分前を告げる予鈴《よれい》だ。

カイルの部屋よりも尖塔に近いため、ここからだと振動《しんどう》まで感じられる。

王妃《おうひ》が幼い頃《ころ》から存在していたという時計の鐘は、昼の十二時と、午前零時の一日二回鳴るように作られていたが、呪いによって午前零時に獣《けもの》になってしまうカイルのために、十一時四十五分に予鈴が鳴るよう改造された。

時計技師にそれを命じたのは母だ——と、クロウはカイルの口から聞いている。

亡き母の心は知る由《よし》もなく、理想を思い描いて祈《いの》ることしかできないが、少なくとも彼女は、時計を改造させたり、「地獄《じごく》の使者を決して傷つけてはならぬ」という御触《おふ》れを出したり……愛息カイルを守るためにできるだけのことをしたのかもしれない。

母の真意は推《お》し量るよりないが、しかし己《おのれ》の心は確実に知ることができる。

兄を苦しめる呪いを、この身に引き受けたいと思うほど兄を愛している——それが真実。

そして兄もまた、呪いを受けたのが弟ではなく自身であることを、よかったと思ってくれている。

そう信じ合えるのが愛だ。

怨嗟《えんさ》の呪いを解く力は、お互《たが》いの胸にある。

この気持ちさえあれば、如何《いか》なる困難にも呪いにも、決して負けない。

「スノーホワイト……！」

王の間の扉を開けると、絹のガウンを着た長身の男が声を上げた。

硝子《ガラス》の棺《ひつぎ》の前にある椅子《いす》に腰掛《こしか》けていたが、立ち上がるなり駆《か》け寄ってくる。

さほど年の変わらないフィリップと比べると、顔色が悪く、げっそりと頰《ほお》がこけてやつれていた。

元は美しかったであろう黄金の髪《かみ》には、白髪《しらが》が目立っている。

口髭《くちひげ》にも色の抜けた毛が多く交じり、老いを感じさせる風貌《ふうぼう》だったが……しかし、整った目鼻立ちや眉《まゆ》の形、蒼玉石《サファイア》の瞳《ひとみ》はカイルに通じるものがある。

——この人が、僕のお父様……。

勝手に塔《とう》から出たからといって、咎《とが》められることはなかった。

むしろ満面の笑《え》みで迎《むか》えられ、大きく広げた両腕《りょううで》で抱《だ》き締《し》められる。

「奇跡《きせき》だ……っ、戻ってきてくれたんだな、私のスノーホワイト！」

林檎《りんご》とワインとシナモンが香る部屋は、大釜《おおがま》の下に焼《く》べられた薪《まき》が真っ赤に燃えて、そこばかりが際立《きわだ》って明るかった。蠟燭《ろうそく》の灯《あか》りはなく、調度品の金属が光を反射し、金色に塗《ぬ》られた壁が炎《ほのお》を映して照り輝いている。

「ああ、神よ感謝します！　愛の奇跡だ……っ、神が君を蘇《よみがえ》らせてくれた！」

クロウは父王に抱き締められながら、ベッドの横に置かれた棺を見た。

二重にされた硝子の中に、真紅《しんく》のドレスを着た女性が横たわっている。

胸の下で組まれた手も、露《あら》わになっている首も顔も腐敗《ふはい》が進み、原形を留《とど》めていなかった。

その名の通り雪のように白く美しかったはずの肌《はだ》は、腐って萎《しぼ》んだ林檎さながらに黒ずんで、骨の形を晒《さら》している。

「う、あ……ん、う……！」

肖像画とは掛《か》け離《はな》れた母親の姿に悲鳴を上げる隙《すき》もなく、唇《くちびる》を塞《ふさ》がれた。

ちくちくと肌を刺激《しげき》する口髭の感触《かんしょく》に眉を顰《ひそ》めると同時に、やたらと厚みのある舌で口腔《こうこう》を蹂躙《じゅうりん》される。上下の唇を、共に食《く》らうような口づけだった。

「ん、く……う、ん……!?」

怯《おび》える小さな舌を無理やり起こされ、ジュッと吸われる。

誰《だれ》に何をされているのか認識《にんしき》するのも困難になり、クロウはようやく……自分が酩酊《めいてい》状態にあることに気づいた。

林檎と共に煮詰められた大量のワインの香りに、正常な意識を奪《うば》われていく。

酔っていることに気づいたところで、何ができるわけでもなく、ただ……父王の心に自分が存在しないことを自覚するばかりだった。

歓迎《かんげい》されているのも抱き締められているのも母であり、口づけは酷く淫《みだ》らだ。

「――ん、う、う……っ」

嫌《いや》……こんなキスは嫌――両手を父王の胸に当て、クロウは力いっぱい仰《の》け反る。

ところが体はすでに床から浮《う》いており、腕《うで》を突《つ》っ張らせても、足をばたつかせても、大した意味はなかった。唇は一瞬離《いっしゅんはな》れるものの、すぐに再び奪われる。

「ん、く、ぅ……！」

「――ッ、ハ……フ……ッ、ゥ……」

口髭《くちひげ》が顔に当たると、気持ちが悪くて吐《は》きそうになった。

ビーストの髭を想像すると少しも嫌ではないのに、父王の髭はとても不快だ。

けれども逃げることは敵《かな》わず、クロウはベッドまで運ばれてしまう。

天鵞絨《ビロード》の天蓋《てんがい》付きのベッドに横たわると、隣《となり》に置かれた棺の中身がよく見えた。

ますます吐きそうになり、とても苦しいのに……唇を放してはもらえない。

着々と服を脱《ぬ》がされ、小さな乳首《ちくび》しかない平らな胸を暴《あば》かれた。

女性ではあり得ない体に触《ふ》れながらも、父王は躊躇《ためら》うことなく胸に両手を這《は》わせてくる。

それどころか、唇を解放するなり乳首にしゃぶりついてきた。

「あ、ぁ……嫌……やめて……！」

ワインの香《かお》りに酔いながらも、クロウは「お父様！」と叫《さけ》ぶ。

しかし状況《じょうきょう》は何も変わらなかった。シャツを完全に取り除かれ、肌を剝《む》かれる。逃げようにも力が入らず、ベッドマットに立てた肘《ひじ》は脆《もろ》く崩《くず》れた。

「スノーホワイト……ッ、愛している……君を愛している……！」

「い、や……ぁ、あぁ……！」

生温かい舌で乳首を弾《はじ》かれ、そうかと思うと強く押し潰《つぶ》される。

すっかり陥没《かんぼつ》させられた胸の突起《とっき》から、脚《あし》の間に向けて嫌な刺激が伝わった。好きでもない男の愛撫《あいぶ》で感じるなど不本意で仕方がないのに、性器が反応して、下着の中がじんわりと湿《しめ》ってしまう。

「あ、ぁ……嫌……ぁ、お父様……僕は……」

「スノーホワイト……こんなに幼くなって、可愛《かわい》らしい胸だ。これから成長していく君をもう一度見られるなんて、私はなんて幸せなのだろう」

舌で凹《へこ》まされていた乳首は、解放されるなり勃起《ぼっき》した。

小さいが確かに勃《た》ってしまった薄桃色《うすももいろ》の突起を、透《す》かさず指で摘《つ》まれる。

「や、あぁ……っ、ぁ……！」

びくんっと震《ふる》えながら横を向いたクロウは、二重の硝子の向こうにある母親の横顔に助けを求めた。左手を棺に向かって伸《の》ばすと、手首に嵌《は》めたエルフのブレスレットが目に留まる。

七粒《ななつぶ》の石は、仄灯《ほのあか》りの中で微《かす》かに発光していた。

──遺体を愛すること自体、すでに狂気《きょうき》なのに……。

脚衣《きゃくい》も下着も脱がされたクロウは、性別が明らかな状態にもかかわらず組み敷《し》かれ、父の愛撫を受けながら涙《なみだ》する。

ここに来た理由を思いだしたが、腐敗が進む亡き母の遺体を美しい遺体に戻したところで、なんの解決にもならない。新しい酒税の施行《しこう》を止めることができたとしても、闇《やみ》に落ちた父の心を救うことはできないのだ。

「スノーホワイト……こんな所が腫《は》れているよ。これは病気なのかな？　それとも君の美貌《びぼう》を妬《ねた》む何者かに呪われて、男の子にされてしまったのかい？」

仰向《あおむ》けで足を広げられたクロウは、頭の芯《しん》が蕩《とろ》けるような酔《よ》いと鳥肌《とりはだ》が立つような不快感に揺《ゆ》れる。自分が父王に言われていることもされていることも、意識の奥ではわかっているのに動けなかった。

「いいんだよ、大丈夫《だいじょうぶ》……私の愛はこんなことで変わったりはしないよ。君は……後ろの孔《あな》を愛されるのも好きだったしね」

「……お父様、やめてください……っ、嫌ぁ……！」

膝裏《ひざうら》を摑《つか》まれたクロウは、より大胆《だいたん》に足を広げられて体を丸められる。

自分の膝が顔の横に迫《せま》ってきて、頭と肩《かた》に体重のすべてが乗った。

ベッドの天蓋に向けて高く持ち上げられた尻《しり》の間から、父王の顔が見える。

白い双丘《そうきゅう》に口髭が当たり、あわいには濡《ぬ》れた舌先がぴちゃりと触《ふ》れた。

「や、嫌……あ、ぁ……！」

父王は雄《おす》の象徴《しょうちょう》である性器にこそ触れなかったが、窄《すぼ》まりには触れてくる。

「──ッ、ン……ゥ……ン」

ねっとりと唾液《だえき》を垂らしながら舌を挿入《そうにゅう》してきて、肉洞の中で舌を蠢《うごめ》かせた。

「──っ、ふ、あ……あぁ！」

すぐに指も挿入され、クロウは霞《かす》む視界の中でカイルを思う。

自分の股《また》の間にいる男が、兄だったらどんなによいかと思った。

カイルだと思い込まないと心が壊《こわ》れてしまいそうで、抵抗《ていこう》するよりも、顔を挿《す》げ替《か》えて心の責め苦から逃《に》げだしたくなる。

──お兄様……助けて……こんなこと、お兄様以外にされたくない……！

クロウは父王とカイルを混同して逃げたくなる気持ちを抑《おさ》えて、意識を保つために左手首を嚙《か》んだ。今もきっと見守ってくれているエルフ達の存在を感じながら……酔いに負けないよう力を振《ふ》り絞《しぼ》る。

できることなら父と兄を混同させて楽になりたかったが、それは決して許されない逃げだ。耐《た》え忍《しの》んできた兄を、狂《くる》った父と一緒《いっしょ》にするわけにはいかない。

「ひ、あ……ぁ、っ……！」

舌と共に指を二本も挿入され、後孔《こうこう》を外向きにぐいぐいと拡張された。

少し奥まった所にある感じる場所を刺激することはなく、父王は性器を挿入するためだけに窄まりを拡《ひろ》げてくる。

細めた舌を忙《せわ》しなく出し入れし、中で動かしながら、これでもかとばかりに唾液を注入してきた。

「嫌、ぁ……やめて……やめて、お父様！　僕は貴方《あなた》の息子《むすこ》です……！　スノーホワイトではなく、貴方が、クロウと名づけた息子です！」

肉孔を舐《な》め回す父王に向かって告げたクロウは、両足を必死に動かして抵抗する。

ゆらりと身を起こした父王と顔を見合わせた瞬間《しゅんかん》、その双眸《そうぼう》に変化を感じた。

名前をきっかけに正気に戻《もど》り、理解してくれたのではないかと期待する。

「そうか、そういうことか……」

父王はクロウの脚の間で笑《え》みを浮かべ、瞳《ひとみ》の表面を涙で濡らす。

確かに変化はあったが、状況が好転していないことを察したクロウは、開かれる唇《くちびる》が漏《も》らす次の言葉を待った。

どうか、込み上げる悪い予感が当たりませんようにと、祈《いの》りながら息を呑《の》む。

「お前を生かしておいてよかった。大陸中の魔女《まじょ》とエルフを集め、お前の体に王妃《おうひ》の魂《たましい》を呼び戻せばいい。腐敗《ふはい》した骸《むくろ》を蘇《よみがえ》らせるよりも、その方が遥《はる》かに容易であろう」

「お父様……っ」

「私はもう一度彼女と結婚《けっこん》する。そうだ、盛大な結婚式を挙げよう！　大丈夫だ……ドレスを着れば男であることなど誰《だれ》にもわからん。何より私の愛は、性別が変わったくらいで揺るぎはしない。その顔、あの魂……二つが揃《そろ》えば私は幸福になれる！」

父王は高らかに笑いながら、ガウンの腰紐《こしひも》を解《ほど》いて肌《はだ》を晒《さら》した。

体の中心にある雄は奮い立ち、隆々《りゅうりゅう》とした血管が肉笠に向かって絡《から》み合っている。

「──い、っ……嫌……ッ！」

白い腿《もも》の間から覗《のぞ》く父王の欲望《よくぼう》に、クロウは掠《かす》れた悲鳴を上げて暴れた。

かつては男の性器に慣れ親しみ、食事の一環《いっかん》として毎日当たり前にしゃぶりついていたにもかかわらず、父王のそれはまるで違《ちが》う物に感じられた。

愛情を持てない肉塊《にくかい》は、寒気がするほどおぞましく、穢《けが》れて見える。

もし仮に見た目が同じだったとしても、カイルが向けてくる欲望とはまったく異なるものに感じられることだろう。

行き交《か》う想《おも》いがなければ、男性器などただの凶器《きょうき》だ。

「やめて……放してください！」

「スノーホワイト、君は孔という孔を埋《う》め尽《つ》くされるのが大好きだったな」

「──ッ!?」

「私に内緒《ないしょ》で七人のエルフと時折会って、何をしていたか……私は最初から知っていたんだよ。もちろん許せない気持ちもあったが、しかしそれ以上に君が若く美しい姿でいることの方が、私には重要だった。それに、ここには誰も迎《むか》えていないことを知っていたからね」

父王は不気味な笑みを湛《たた》えながら、逆さに垂れ下がったクロウの双珠《そうじゅ》に触れる。

半円を辿《たど》るようにして、皮膚《ひふ》が引き伸ばされた袋《ふくろ》の根元を指差した。

女性ならば性器があるはずの場所を愛しげに撫《な》で摩《さす》って、「魔女に頼《たの》んで、ここに孔を開けてもらおう」と——そう言って舌なめずりする。

「……い、や……ゃ、めて……お父様……！」

「大丈夫、心配は要《い》らない。それまでは、こちらの孔を可愛がってあげよう」

やつれた体に似合わぬ巨棒を摑んだ父王は、蜜《みつ》を零《こぼ》す先端《せんたん》をクロウの後孔に宛《あて》がう。

小さく可憐《かれん》な窄まりに鈴口《すずぐち》がぴたりと当たり、肉の輪は内側から徐々《じょじょ》に、父王の欲望の形に拡げられた。

「や、痛い……ッ、嫌《いや》……‼」

お兄様、助けて、助けて——声にならない声を上げ、クロウはカイルを求める。

酩酊《めいてい》による幻聴《げんちょう》なのか、どこからかカイルの声がした。

いつもの穏《おだ》やかで優《やさ》しい声ではなく、「スノーホワイト！」と、部屋中の空気を吹《ふ》き飛ばさんばかりの勢いで呼ばれる。

酔いが醒《さ》めそうなほど力強く、嵐《あらし》のように新しい風を呼び込む声――幻聴ではない証拠《しょうこ》に、父王が身を仰《の》け反らせる。

「カイル！」

「そこを退《ど》け！　スノーホワイトから離《はな》れろ！」

王の寝室《しんしつ》に飛び込んできたカイルは、声以上の勢いでベッドに駆《か》け寄る。

開《はだ》けたガウン一枚の父王に摑み掛《か》かり、クロウから引き離した。

床《ゆか》まで引きずり下ろすと、その体を硝子《ガラス》の棺《ひつぎ》に叩《たた》きつける。

「ぐあぁ……ッ！　カイル……何をする！　やめろ！」

「殺してやる！　もっと早くこうするべきだった！」

「お兄様……！」

カイルは鮮《あざ》やかな青い上着の袖《そで》を振り上げて、父王の髪《かみ》を鷲摑《わしづか》みにした。

白髪《しらが》交じりの金髪《きんぱつ》を根元から摑むと、その頭を棺に何度も打ちつける。

鈍《にぶ》い悲鳴が上がり、硝子にひびが入っても、そこに血が入り込んで伝い広がり、赤い蜘蛛《くも》の巣のようになっても……カイルは父王を許さなかった。

「お兄様……っ、お父様が……！」

それ以上続けたら、お父様が死んでしまう。もうやめて――そう言って止めるべきなのか、それともこのまま、狂った父王を母の棺と共に葬《ほうむ》り去るべきなのか。

一瞬《いっしゅん》の判断に迷ったクロウは、親殺しの凶行《きょうこう》に走るカイルに掛ける言葉を決められないまま、無意味に手を伸《の》ばす。

「――お兄様……！」

その刹那《せつな》、時計の鐘《かね》が零時《れいじ》を告げた。

林檎《りんご》やワインの甘さにシナモンを加えた毒々しい空気が、小刻みに振動《しんどう》する。

カイルは父王の髪から手を放し、その場に立ち竦《すく》んで王と同様に動かなくなった。

硝子に描《えが》かれた赤い蜘蛛の巣だけが、静かに勢力を広げていく。

四方八方に広がって、所により血の涙《なみだ》を滴《したた》らせた。

「……ウ、ゥ……ッ、グアァァ――ッ!!」

息絶えそうな父王を見下ろしながら、カイルは雄叫《おたけ》びを上げる。

足元から頭まで、びくんと大きく波打たせて身を反らした。

胸を張る体勢を取り、そうかと思うと背中を丸める。

青い上着がミシミシと音を立て、背骨に沿っていきなり裂《さ》けた。

隙間《すきま》から現れたのは黒い毛皮だ。

頭の位置が下がり、揺《ゆ》れる金髪は黒く変わって、頭の形も体型も大きく変化する。

腕《うで》は前脚《まえあし》になり、四本の脚を床についた時にはもう、破れた衣服を纏《まと》った獣《けもの》になっていた。

「お兄様……待って……！」

クロウの声に構うことなく、黒い獣は動物らしく身を振るう。

破れた衣服を払《はら》う姿はまさに獣で、ぎらつく瞳《ひとみ》は鮮血《せんけつ》の如《ごと》く赤かった。

「カイル……ッ、や……やめろ……カイルッ！」

獰猛《どうもう》な獣の唸《うな》り声に、意識を失い掛けていた父王は我に返る。

ひび割れた棺に縋《すが》りながら叫んだが、獣となったカイルに見境などなかった。

鉄よりも硬《かた》そうな鋭《するど》い爪《つめ》を振り翳《かざ》し、純白の鑓《やり》の如き牙《きば》を剝《む》く。

「──やめてくれ……カイル!!」

父王の声が響《ひび》く中、クロウはベッドの上で再び迷った。

そんな時間はないことも、その気になれば、ブレスレットや子守歌《こもりうた》によってカイルの獣化を解いて、正気に戻せることもわかっている。

声が出せないわけでもない。けれども迷わずにはいられなかった。

──このまま……お母様の所に送った方が……いいのかもしれない……。

時間にすれば一瞬に限りなく近い、短い間に、クロウは父と母の愛を我が身に置き換《か》える。

亡き母が生き返らない限り、父王は幸せにはなれないだろう。

そして母は、こんな状況《じょうきょう》を望んでいるだろうか。

狂《くる》おしいほど愛されるのは幸せなことだが、愛した男が狂人《きょうじん》となって悶《もだ》え続け、魅力《みりょく》を失い、周囲から誇《そし》られることなど望むわけがない。

生まれ育った国の民《たみ》が苦しむことも、腹を痛めて産んだ子が苦しむことも、決して望んでいないはずだ。

――そうだ……お母様は、早く傍《そば》に来てって、そう願っている……。

父王を殺《あや》めてでも、亡き母の許《もと》に送りだすべきだと決断したクロウは、獣となった兄を止めなかった。

ブレスレットを使うこともなく歌うこともなく、おぞましい凶行を、黙《だま》って見つめ続ける。

兄が父の胸を爪で引き裂き、首に咬《か》みつく残忍《ざんにん》な光景――これらすべては、あとでカイルの記憶《きおく》に蘇るはずだ。その痛みを共に分かち合うために、クロウは目をそらさなかった。

「ウアアアァ――ッ!!」

断末魔《だんまつま》の悲鳴が響き、やがて完全に消える。

室内には、大釜《おおがま》の下の薪《まき》がパチパチと鳴る音ばかりが残った。

血に飢《う》えた黒い獣は、血の色の瞳を輝《かがや》かせながら無感情に獲物《えもの》を食《く》らう。

「――ビースト……」

クロウはベッドから下り、床の血を避《よ》けて獣に近づいた。

彼の意識がまだ父王に向かっているうちに、目の前にブレスレットを突《つ》きだす。

それがなんであるかを彼が察するより早く歌いだし、尖《とが》った大きな獣耳に子守歌を注いだ。

瞳が動いて睨《にら》まれても、怯《ひる》まず朗々と歌い上げる。

かつて、兄が心を籠《こ》めて歌ってくれた子守歌だ。

塔《とう》にいた頃《ころ》……魔《ま》法《ほう》の髪で拘束《こうそく》しながら毎晩ビーストに歌い聞かせてきたことを思い返し、二人の絆《きずな》を信じて歌った。

魔法の髪が使えなくなっても、きっと同じことができるはずだ。

幼い頃、心地《ここち》好《よ》い眠《ねむ》りを願って歌ってくれた兄のように、クロウもまた、兄の安らぎを願い続ける。

呪《のろ》いによって塞《ふさ》がれた心に届き、その意識を呼び覚ますのは、歌そのものではない。

心を揺さぶるのは心――互《たが》いを想う気持ちだ。

「――ッ、ゥ、ウ、ウゥゥ……」

父王の首に咬みついていた獣は、地底から響くような声で呻《うめ》きながら姿を変える。

クロウがよく知っている姿になった。

ビーストと呼び、師でもあった男の姿だ。

瞳はすでに青くなり、視線が合うと、紛《まぎ》れもなくカイルであることがわかった。

髪が背中まで鬣《たてがみ》のように繋《つな》がっていて、肌《はだ》の多くが漆黒《しっこく》の剛毛《ごうもう》に覆《おお》われた獣人――カイルは醜《みにく》いと言って嫌っていたが、クロウにとっては、この姿もまた愛《いと》しい。

「お兄様……」

ビーストの姿をしたカイルは、全裸《ぜんら》で起き上がった。

床や父王の体に触《ふ》れていた両手を顔の前に持っていき、毛深い手を見て今の自分の姿を確認《かくにん》する。そうしてから、視線を父王の遺体に向けた。

「――ッ、ゥ……ウ、グ……ッ」

「お兄様……！」

カイルは遺体から顔を背《そむ》けるなり、膝《ひざ》をついて血肉を吐《は》きだす。

酷《ひど》く苦しそうだったが、片手をクロウに向け、「来ないでくれ」と無言で示した。

その行動からも、咳《せ》き込む時の様子からも、錯乱《さくらん》から覚めていることがわかる。

むしろ冷静に、獣になったあとの記憶を思い返しているように見えた。

一頻《ひとしき》りそうして呼吸が落ち着くと、自らクロウの方を顧《かえり》みる。

「スノーホワイト……大丈夫《だいじょうぶ》か？　怪我《けが》は？」

口を開くなりそう言ったカイルは、視線を動かして無事を確かめる。

彼と同じく裸《はだか》で立ち尽《つ》くしているクロウの体を、頭の天辺《てっぺん》から爪先《つまさき》まで見た。

「お兄様……はい、大丈夫です」

黒髪《くろかみ》の隙間から見える青い瞳は、涙に濡《ぬ》れていた。

胃の中の物を吐き戻《もど》した苦痛から出た涙と、心から溢《あふ》れた涙が混ざっている。

父王を殺害したことを自覚し、確かに泣きながらも、「よかった」と呟《つぶや》くカイルの瞳は凪《な》いでいた。

父王の頭を苛烈《かれつ》な勢いで硝子《ガラス》の棺《ひつぎ》に叩《たた》きつけた彼ではなく、獣になって食らいついた彼でもない。怒《いか》りも悲しみも、悔恨《かいこん》すらも存在しない目をしている。

「お兄様……ごめんなさい。僕は、わざと止めなかった……止めることができたのに、自分の意思で、わざと止めなかったんです」

クロウは破れたシャツを拾い上げ、カイルの口髭《くちひげ》に付着した血を拭《ぬぐ》う。

そうしている間も、彼は首を横に振《ふ》っていた。

唇《くちびる》を開く前から、「そうではない」と、明確に否定を示している。

「僕は……お兄様が背負う呪いを利用して、お父様を見殺しにしたんです」

「スノーホワイト……それは違《ちが》う」

「いいえ、僕が殺したんです」

言葉にすればするほど、本当にその通りだと思った。

死んだ方が父王と母にとって幸せだと判断したとはいえ……たった一人の父親の死を願い、兄の苦しみが増すことを知りながら止めない選択《せんたく》をした。

自らナイフを摑《つか》んで父の胸に刺《さ》すよりも、遥《はる》かに罪深い殺意を抱《いだ》き、それを実行したのだ。

「スノーホワイト……どうか泣かないでくれ。私は……私の意思で父を殺した。獣にならなくても殺していた。もっと早くこうするべきだったんだ」

「――お兄様……」

「私に意気地《いくじ》がないばかりに、君を十七年も塔に閉じ込めていた……」

黒い髭を蓄《たくわ》えた顔を涙《なみだ》で濡らしながら、カイルは「もっと早く救いだせたはずなのに」と、声を震《ふる》わせる。

父王を殺したことへの後悔はなく、兄が悔《く》やんでいるのは、ここまで掛《か》かった長い時間の方だった。

「許してくれ……」

真にそのことだけを悔やんでいるのがわかると、クロウは何も言えなくなる。

兄が許しを必要とするなら、何度も大きく頷《うなず》いて許しを与《あた》えたかった。

本当は言いたい言葉がたくさんある。

エルフと共に夢見がちに過ごした十六年も、ビーストへの恋心《こいごころ》に浮《う》き沈《しず》んだ一年も、すべて幸せだった。呪いに苦しむ兄の傍《かたわ》らで、その癒《いや》しになれなかったことは悲しいけれど、愛情に包まれた十七年は本当に幸せなものだった。

「僕は幸せでした。お兄様の傍にいられなかったこと以外は、とても幸せでした」

「スノーホワイト、私はもう……君と離《はな》れたくない。君のいない世界で、一秒たりとも生きていたくはないんだ。それは父も母も同じだと思っている」

カイルは父親殺しの罪を一身に背負いながらも、心の内では、それは罪ではない行為《こうい》として昇華《しょうか》させたようだった。その気持ちがクロウには痛いほどよくわかる。

自分もまた同じ選択をしたのだ。

兄と共に、父王を母の許に送った――。

「長い間、待たせてすまなかった。最愛の弟、スノーホワイト……」

かつては恥《は》じていた毛深い手で、カイルはクロウの頬《ほお》に触《ふ》れる。

呪いによる浅ましい姿を否定すべく、道徳を重んじる完璧《かんぺき》な王太子であろうとしていた彼が、理性の鎖《くさり》を解《ほど》こうとしていた。

雁字《がんじ》搦《がら》めの息苦しい状態から抜《ぬ》けだして、新鮮《しんせん》な空気を深く吸い込むような表情を浮かべる。

血塗《ちぬ》られた罪を犯《おか》し、さらなる罪を犯そうとしていながらも、纏《まと》う空気は晴れやかだった。

「ん、う……ぅ、ん……」

「――ッ、ン……」

カイルの輝きを放つビーストに唇を塞がれ、クロウは微笑《ほほえ》む。

最愛の弟――そう言われたけれど、口づけを通じてもう一つの気持ちを告げられた。

食べてしまいたいほど愛しいと訴《うった》えてくる兄の唇と舌を、クロウも欲深《よくぶか》く迎《むか》える。

「は、ふ……ん、ぅ……！」

黒髪に指を埋《うず》め、互いの唇を夢中で崩《くず》し合った。

ちくちくと当たる硬《かた》い口髭も、弾力《だんりょく》のある唇も、熱い舌も……ビーストの物でありカイルの物でもあり、向けられるすべてが愛しい。

「ふ、は……ん、っ」

「ン、ッ……ハ……」

「――ぅ、ぅ……ふ……」

ぶつかり合うようなキスをしながら、二人はベッドに雪崩《なだ》れ込む。

マットの上でいくらか弾《はず》んだクロウの背中に、ビーストの手が触れた。

華奢《きゃしゃ》な体は大きな掌《てのひら》でいとも簡単に掬《すく》われ、浮かされる。

全身を兄の手に委《ゆだ》ねながら、クロウは兆《きざ》した体を自ら開いた。

白い脚《あし》の間に、黒い毛で覆われた彼を迎え、その背中を引き寄せる。

「スノー……」

「――愛しています……僕を、お兄様の物にしてください」

「乞《こ》われるまでもない。君は私の物。私は君の物だ」

「お兄様……」

「産まれる前から愛している」

覆い被《かぶ》さる兄に告げられ、再び口づけられた。

至上の悦《よろこ》びの中で、クロウは長い旅を終えたような充実感《じゅうじつかん》に笑《え》む。

鉄錆《てっさび》染みた血の味の口づけさえも、今は甘いものに感じられた。

部屋には林檎《りんご》とワインとシナモンの芳香《ほうこう》が満ち、わずかに腐臭《ふしゅう》と血の臭《にお》いも混じっている。

横には母の腐乱《ふらん》した遺体が収められた棺と、血塗《ちまみ》れの父王の遺体——甘くはなく、美しくもない凄惨《せいさん》な状況《じょうきょう》だとわかっているのに、昂《たかぶ》る体は止まらない。

深まる愛情も、舞《ま》い上がる悦びも、満ち足りる幸福感も揺《ゆ》るぎない。

「スノーホワイト……ッ」

「は、ふっ……ん、ぅ！」

黒い恥毛《ちもう》を従えた凶暴《きょうぼう》な雄《おす》が、濡れた窄《すぼ》まりにめり込んでくる。

同じ血を持つ肉体が淫《みだ》らに目合《まぐわい》、一つになろうとしていた。

死体愛好の嫌《きら》いがある父王と、残忍《ざんにん》で淫蕩《いんとう》な一面がある母から受け継《つ》いだ闇《やみ》が……自分達の中で息づいているとしても、そのおかげで今こうしていられるなら、それでよかった。

実の兄に愛され、愛する禁忌《きんき》の心が……狂《くる》った親からの贈《おく》り物なのだとしたら、心底両親に感謝したい。

「あ、ぁ……あ——ッ！」

「——ッ、ぅ……！」

ビーストの頭を両手で抱《だ》き寄せながら、クロウは熱い怒張《どちょう》を呑《の》み込む。

小さな肉孔《にくあな》には勝ち過ぎる物で無理に抉《こ》じ開けられる痛みはあったが、それすらも嬉《うれ》しい。

ようやく結ばれた証《あか》しの痛みだ。愛《いと》しい兄から与えられるものだと思うと嬉しくて嬉しくて、もっと痛くても構わないと思った。

「い、あぁ……あ……お兄様……ぁ！」

「──スノー……ホワイト……ッ……」

「い、いぃ……気持ち、いい……っ！」

腹の奥を穿《うが》たれる甘苦しい快感に、クロウは涙粒を飛ばして悶《もだ》える。

誰《だれ》も知らない所まで兄を迎えて、誰にも見せない姿を晒《さら》すことで……兄の物になったことを実感した。

同時に、兄を手に入れた悦びで胸がいっぱいになる。

自分の体は、隈《くま》なく兄の物だ。

兄を愛し、愛されるために産まれてきた。

出会う前から愛されていたなんて……本当に、なんて幸せなことだろう。

「あぁ……お兄様、もっと……して、もっと……突《つ》いて……！」

「スノーホワイト、ああ……いくらでも望み通りに。君の望みは、私の望みだ」

一切《いっさい》の迷いを捨てたカイルは、ビーストとしての顔を官能で歪《ゆが》ませた。

絶え間なく腰《こし》を揺らし、クロウの細腰が軋《きし》むほど突いてくる。

「ひ、あぁぁ──ッ！」

「……ッ、ゥ……スノー……なんて可愛《かわい》い。君は本当に……可愛いけれど、もっと育ってくれないと……壊《こわ》してしまいそうで、怖《こわ》いくらいだ」

「あ、ぁ……やあ、ぁ……お兄、様ぁ……！」

無理だとも痛いとも言いたくなかったクロウは、しかし反射的に枕側《まくらがわ》へと逃《に》げた。

抽挿《ちゅうそう》に容赦《ようしゃ》は感じられず、本当に壊れてしまいそうなほど突かれる。

「……ふは、ぁ……あ、ぁ……好き……好きです、お兄様……っ」

ずんと深く腰を突いてきた兄の手で、クロウは両胸の乳首《ちくび》を摘《つ》ままれた。

体中、気持ちがよくない所は一ヵ所もなくなり、高く掲《かか》げられた爪先《つまさき》が小魚のように跳《は》ねる。

「あ、あぁ……ッ!!」

「——ッ、ハ……！」

乳首から伝達された快感が腰まで届き、白い飛沫《しぶき》が噴《ふ》き上がる。

これまで見たこともないほど濃厚《のうこう》な滴《しずく》は、肌《はだ》に降り注ぐなり張りついた。

それくらい粘質《ねんしつ》で重たく、兄の抽挿で揺らされる体の上で、ゼラチン菓子《がし》のようにぷるりと震えている。

「スノーホワイト……ッ、どれだけこれが欲しかったか……」

「ん、う……あ、ぁ……！」

再び腰を摑《つか》まれながら、顔や首に掛《か》かった精液を舐《な》め取られた。

獣《けもの》の時のように赤い舌を伸《の》ばして夢中で舐めてくるビーストに向かって、クロウも限界まで舌を伸ばす。

若さと生命力に溢《あふ》れた青臭《あおくさ》い淫蜜《いんみつ》を互《たが》いの舌で転がしながら、さらに深く交わった。

「ふ……は、ぁ……ん、ん……」

「……ッ、ァ……！」

一際《ひときわ》大きな波が来て、体の奥で熱い物が爆《は》ぜる。

狭《せま》く細い肉洞の中で暴れるそれは、一つの生命のように脈打った。

ドクンドクンと激しく鼓動《こどう》しながら、クロウの中に熱い種を植えつける。

「——ゥ……スノー……ッ……」

クロウが求め続けた兄の劣情《れつじょう》は、瞬《また》く間に実を結ぶ。

子を作ることはできなくても、愛を高め合うことは十二分にできた。

「あ、ぁ……っ」

二度目の絶頂を駆《か》け上がったクロウは、煮詰《につ》められたワインの香《かお》りに酔《よ》う。

瞼《まぶた》の裏側を、赤と紫《むらさき》で染められた。

艶《つや》めく赤い林檎が、ワインの海に浮《う》いている。

やがてそれらは発芽する種子の如《ごと》く割れ、黄金色の断面を晒した。

たっぷりと含《ふく》まれている蜜は、さながら蜂蜜《はちみつ》のようだ。

キラキラと輝《かがや》き、切り口から一斉《いっせい》に溢れだしてくる。

林檎の赤も、ワインの紫も覆《おお》い尽《つ》くして、クロウの視界を蜂蜜色の光で満たした。

「……あ、ぁ……お兄様……！」

閉じ掛けていた瞼を持ち上げると、揺れるブロンドが見える。
薪《まき》を燃やす炎《ほのお》の光を受けて、まさに蜂蜜の輝きを放っていた。
滑《なめ》らかな頰《ほお》、秀麗《しゅうれい》な眉《まゆ》、髭《ひげ》で隠《かく》されることのない上品な口元。
鍛《きた》え抜《ぬ》かれた肉体に黒い毛など一本もなく、春情に染まった瑞々《みずみず》しい肌は汗濡《あせぬ》れて煌《きら》めいている。

「お兄様！　呪《のろ》いが……っ、ようやく……呪いが……」

「ああ……スノーホワイト、私達は……鏡の魔女《まじょ》の呪いに勝った」

自らの手や体を検《あらた》めたカイルは、感極《きわ》まって涙《なみだ》した。
声を詰《つ》まらせていたが、それでも確かに微笑《ほほえ》んでいる。

「はい……恨《うら》みは決して……真実の愛には勝てません。誰かを不幸にしたいと思う気持ちが、幸せにしたいと思う気持ちに、勝てるはずがないんです……！」

泣き噎《むせ》ぶ兄の顔が涙で揺れて、よく見えなくなってしまう。
けれどもその輝きは、眩《まぶ》しいほど見て取れた。美しい姿は、愛の勝利の賜物《たまもの》だ。

「お兄様……どうかもう、苦しまないでください」

「スノーホワイト……ありがとう、本当に……」

繫《つな》がったままだった二人は、再び唇《くちびる》を重ねる。

本来の姿になったカイルに抱《だ》かれたくて、クロウは金色の髪《かみ》に指を絡《から》めた。

柔《やわ》らかくて手触《てざわ》りのよい髪を梳《す》きながら、兄の頭も体も引き寄せる。

体内にある物は、一度放ったとは思えないほど昂っていた。

その迷いのなさが嬉しくて、新たな涙が溢れてしまう。

「ん、う……ふ、っ」

「——ッ、ン……！」

クロウはカイルに支えられながら身を起こし、彼の上に座る形になる。

自分の重みで屹立《きつりつ》を根元までくわえ込むと、限界まで兄と繋がっている悦びが胸に迫《せま》った。

カイルの手で尻臀《しりたぶら》を摑まれ、左右に大きく割り開かれることで、クロウの体はさらに沈《しず》んでいく。

後孔《こうこう》は雄の形をなぞるように拡《ひろ》がり、太腿《ふともも》の肉は、カイルの腿の骨に沿って凹《へこ》む。

自分の体のあちこちで、兄の肉体の形を強く感じた。

「あ、あぁ……お、奥……まで……」

「——スノー……私の欲望《よくぼう》のすべてが、君の中に入っている」

「お兄様……っ、嬉しい……」

「苦しくはないか？」

背筋を伸ばしてマットに座ったままのカイルに、クロウは腰を摩《さす》られる。

苦しくも痛くもないことを示すため、こくこくと何度か頷《うなず》いた。

感極まって言葉が思うように出なかったが、本当に苦しくはなく……むしろ、もっと激しく愛されたい気持ちの方が強くなる。

「お兄様……っ、あ、ぁ……！」

クロウの体を尻ごと浮かせたカイルは、自らも腰を揺《ゆ》らした。

繋がりが解けるかと思うほど高い位置までクロウを持ち上げ、屹立の先を辛《かろ》うじてクロウの中に残し、そこから一気に引き落とす。

「ふ、ぁ……あぁ……！」

「――ッ、ゥ……スノー……君を、思うまま抱いても……いいだろうか」

問いながらも最奥《さいおう》をずくずくと絶えず突き続けたカイルは、仰《の》け反るクロウの乳首を吸い、さながら獣のように舐め回す。

痼《しこ》りを弾《はじ》いては凹《へこ》ませ、尖《とが》らせた舌で何度も穿った。

「や、あ……あぁ……お兄様……どうか、思うままに……っ」

上下に突かれながら乳首を齧《かじ》られたクロウは、反らした背中をそのままベッドマットに押し倒《たお》される。

頭と肩《かた》がマットに触《ふ》れたかと思うや否《いな》や脚《あし》を曲げられ、ぐるりと体を返された。

「あ、ぁ……ッ！」

カイルのペニスを孕《はら》んでいた後孔が、大きく擦《こす》れる。

その刺激《しげき》に悶《もだ》えているうちに、シーツが顔の真下に来ていた。

四つん這《ば》いにされ、背後から両手で肋骨《ろっこつ》の辺りを掴まれる。カイルの指先が乳首に触れて、人差し指と中指で乳嘴《にゅうし》をきつく挟《はさ》まれた。

「ん、ふ……あ、ぁ……お兄様……っ！」

「──ッ、スノーホワイト……！」

体勢が変わっても繋がりは解けず、背中を反らしていることも変わらなかった。

クロウは尻を高く上げた状態で貫《つらぬ》かれ、一突《ひと》きごとに体を後ろに引っ張られる。

「あ……っ、あ……ぁ、あ……っ！」

「……ッ、ハ……ゥ……！」

獣の体位でクロウを抱くカイルは、あまりにも貪欲《どんよく》だった。

赤い瞳《ひとみ》を持つ半人半獣のビーストに戻《もど》ったのかと思うほど激しかったが、クロウは振《ふ》り返ることなく、カイルの思うままの抱き方を受け入れる。

兄が我慢《がまん》をせず、何も抑《おさ》えず、欲望に身を任せていることが嬉《うれ》しかった。

これこそが自分の望んだ交わりであり、荒々《あらあら》しいくらいが幸せだと思う。

「あ、ぁ……お兄様、もう……っ、あぁ──ッ！」

「──ッ、ゥ……！」

最奥を抉《えぐ》るように突《つ》き続けたカイルは、クロウの絶頂に合わせて達した。

二度目の精を注がれた肉洞は、蠕動《ぜんどう》を繰《く》り返しながら白濁《はくだく》を行き渡《わた》らせる。

体の奥へと呑《の》み込んだり、外へと吐《は》きだしたりした末に……結合部から内腿《うちもも》に向けて精液が流れた。

それすらも愛撫《あいぶ》になって、熱い粘液《ねんえき》に肌《はだ》を撫《な》でられるのがたまらない。

「ん、あ、ぁ……！」

ずるりとペニスを抜かれると、注がれた物が逆流しそうになる。

クロウは腰《こし》を上げたまま、カイルの精液を零《こぼ》さぬよう後孔を閉じた。

窄《すぼ》まりをより強く締《し》めることで、兄に抱かれた証《あか》しを孕み続けようとする。

「スノーホワイト……君が私の物になった証拠《しょうこ》を、見せてくれ」

「――っ、ん……あ、ぁ……！」

尻臀を鷲摑《わしづか》みにされて割られたクロウは、力を入れて閉じていた窄まりをカイルの手で抉《こ》じ開けられる。

著大なペニスを受け入れたばかりの熱っぽい肉孔《にくあな》からは、止め処《ど》もなく精液が溢れだした。

最早《もはや》、止めようとすればするほど出てしまう。

「あ、ん……ぅ、や……ぁ……勿体《もったい》ない……っ」

「スノーホワイト、これは私が出した物だ。私は、君を抱いた」

カイルは自らの行為《こうい》を口にすることで、悦《よろこ》びをより強く実感しているようだった。
その声には、誇《ほこ》らしげな響《ひび》きすらある。
悔恨《かいこん》の念など微塵《みじん》も感じられなかった。
「そうです……全部、お兄様の物……僕は、お兄様だけの物……」
白濁で汚《よご》れた肉孔を舐《ねぶ》られながら、クロウもまた、兄を手に入れたことを誇る。
罪を罪と定めるのは他人であり、愛も幸福も自分自身が決めることだ。
——ああ……僕は幸せです。お母様……貴女《あなた》も今、幸せですか？
クロウはシーツに顔を埋《うず》めたまま横を向き、両親の遺体を目にする。
酷《ひど》い有様だが、これでようやく、母も安らかに眠《ねむ》れるだろう。
愛した人と一緒《いっしょ》なら、そこは紛《まぎ》れもなく天国だ——。

10

肌に心地《ここちよ》好い温度の湯を含《ふく》んだ布で、全身を丁寧《ていねい》に拭《ぬぐ》われる。

誰《だれ》がしてくれているのか、見るまでもなくわかる幸福感があった。

酔《よ》いと夢とうつつを彷徨《さまよ》うクロウは、このまま眠り続けることを望む。

相変わらず林檎《りんご》とワインとシナモンの香《かお》りと、死臭《ししゅう》と血の臭《にお》いがしていて……居心地《いごこち》のよいベッドではないとわかっていた。

けれどもカイルが傍《そば》にいてくれるなら、どこだって構わない。

このままずっと、朝まで眠っていたかった。

「スノーホワイト……目を覚ましてくれ」

ああ、起こさないで——柳眉《りゅうび》をひくりと寄せながら、クロウは無言で抗議《こうぎ》する。

もう少しこのまま夢の中にいたいのに、「起きて」と、追い打ちを掛《か》けられた。

抗《あらが》えずにぱちりと瞼《まぶた》を上げると、父王の物らしい衣服を着た兄と目が合う。

年齢《ねんれい》相応ではない、暗い色の服を着ていても、その魅力《みりょく》に変わりはない。

毒林檎によって仮死状態になり、未来の夫の腕《うで》の中で目覚めた母は、こういった感覚で恋《こい》に落ちたのだろうか。

疾《と》うに落ちているはずの自分も、いま再び恋に落ちる。

光り輝《かがや》く美貌《びぼう》と優《やさ》しい微笑《ほほえ》みに引き寄せられ、最早彼の虜《とりこ》だ。

「お兄様……」

窓の外は暗かったが、カイルは美しい姿のままでいる。

それを心から喜んだクロウに向かって、カイルは「起こしてすまない」と言った。

こめかみと額に口づけたあとは、微笑みを消して険しい顔をする。

クロウの背中に手を入れて否応《いやおう》なく上体を起こさせると、すでに袖《そで》を通してあったガウンの襟元《えりもと》を寄せ、腰紐《こしひも》を手際《てぎわ》よく結んだ。

「無茶《むちゃ》をさせてしまったが、起き上がれるか？」

「は、はい……」

「大勢の人間が、この部屋に向かってきている。足音が聞こえるだろう？」

「──え？」

「おそらく叔父上《おじうえ》と、彼に賛同する貴族達だ」

微睡《まどろみ》から覚めるなり驚《おどろ》くべき事実を聞かされたクロウは、自力で起き上がる前に、カイルの腕で抱《だ》き上げられる。

背中の中心と膝裏《ひざうら》を掬《すく》われてベッドから下ろされると、迫《せま》ってくる足音に気づいた。

耳を澄《す》ますまでもなく、雷鳴《らいめい》のように轟《とどろ》く。

「まさか、叔父《おじ》様が……お父様を殺しに？」

「──おそらく。以前からクーデターを起こすべきだと言われてきたが、私にはそれを実行に移す気概《きがい》がなかった。君を夢の中で犯《おか》しながらも抱けなかったのと同じように……父親殺しも夢の中ばかりで、現実には実行できずにいた」

「お兄様……」

「どちらも鬼畜《きちく》の所業だと、そう思っていたから」

正しくあろうとすることに囚《とら》われ続けてきたカイルの胸に、クロウは顔を埋める。

肩や首に両手を回して、これまでもこれからも絶対に味方でいることを示すべく、ぎゅっとしがみついた。

「カイルッ、スノーホワイト！　無事か!?　兄上はどうした!?」

荒々しく寝室《しんしつ》の扉《とびら》が開かれ、鎧《よろい》を身につけた男達が飛び込んでくる。

先頭を切って現れたのは、新しい酒税のことで怒《いか》り狂《くる》っていた叔父──フィリップ・ラグナクリス大公だった。

その手には抜身《ぬきみ》の長剣《ちょうけん》が握《にぎ》られ、燃え続ける炎《ほのお》の光を鋭《するど》く弾《はじ》き返している。

彼に続く貴族達も、国王や大公と同じ世代ではあるが、皆《みな》勇ましく剣を構え、脅《おど》しではなく本気で国王を殺す気でいるのが目に見えて感じられた。

「これは……おお……っ、カイル！　遂《つい》に……遂に兄上を……！」

鎧を纏《まと》った男達は、叔父を含めて十人いた。

全員が棺《ひつぎ》の近くまで駆《か》け寄ってくる。

カイルの腕に抱かれているクロウにも、床《ゆか》から振動《しんどう》が伝わってきた。

それぞれに国を思う十人の貴族達は、国王の遺体を見て一瞬《いっしゅん》だけ歓喜《かんき》に沸《わ》き、すぐさま絶句する。

彼らが驚愕《きょうがく》するのも当然だった。

カイルは父王の遺体に手を加えておらず、王は血染めのガウン姿で、棺に寄り掛かりながら倒《たお》れていた。

露《あら》わになった裸《はだか》の胸には、大型の肉食獣《にくしょくじゅう》に抉られた爪跡《つめあと》が明瞭《めいりょう》に残っている。

首に至っては、明らかに皮膚《ひふ》と肉の一部を食い千切られていた。

たとえ如何《いか》なる凶器《きょうき》を使おうとも、これほど完璧《かんぺき》に獣《けもの》の仕業《しわざ》に見せ掛けることは不可能だと考えられる。

「カイル……これは、どういうことだ？」

つい先程《さきほど》まで眠っていたクロウは、カイルが父王の服を着込んでいることから、その決意を察する。

王の服を着ているからといって、兄はこれをクーデターにする気はない。

この部屋には、彼が着られる服がそれしかなかっただけのことだ。

父王の遺体を火に投じて一部を焼いたり、遺体に衣服を着せてから剣で刺《さ》したり、ひとまず人間の凶行《きょうこう》に見えるよう偽装《ぎそう》する時間があったにもかかわらず、カイルは何もしなかった。服を着替《きが》えてクロウの体を拭《ふ》いたのみで、他《ほか》には何もしなかったのだ。追及《ついきゅう》されることを覚悟《かくご》のうえで、父王の遺体をそのままにしたのだとわかる。

「叔父上、皆の者も聞いてくれ。国王を弑し奉《しいたてまつ》ったのは、地獄《じごく》の使者と呼ばれている黒い獣だ。そして、私の夜の姿でもある」

剣を下ろした貴族達は、カイルの言葉に息を殺す。

王太子カイルはとても真面目《まじめ》で、夜が更《ふ》けると早々に部屋に籠《こ》もって勉学に励《はげ》むという話は、あまりにも有名だった。

誰もが冑《かぶと》の下で限界まで目を剥《む》いて、王の遺体とカイルの姿を交互《こうご》に見る。

さらには床に目をやり、内側から不自然な圧力を掛けられて破れたカイルの衣服が散乱していることに気づくと、声にならない嗚咽《おえつ》を漏《も》らした。

「カイル……ッ」

特に叔父のフィリップは甚《はなは》だ衝撃《しょうげき》を受けている様子で、その場にがくりと頽《くずお》れる。頭を抱《かか》え、「何故《なぜ》だ……何故だ！」と、涙《なみだ》ながらに声を振《ふ》り絞《しぼ》って叫《さけ》んだ。

「両親の結婚式《けっこんしき》の際に、鏡の魔女《まじょ》に呪《のろ》われました。私は当時すでに、母の体に宿っていましたから。それ以降、数多くの生き物を殺《あや》めてきました」

「あの魔女の呪いのせいであることは察しがつく！　だが……何故そのことを私に話してくれなかったのだ!?　私は叔父として、お前の苦しみを少しでも理解し、何か力になれるものならなりたかった！」

「叔父上……」

「何故お前ばかりがそんな惨《むご》い目に遭《あ》わねばならんのだ!?　悪いのは継子《ままこ》の美しさに嫉妬《しっと》した鏡の魔女であり、継母を残忍《ざんにん》に甚振《いたぶ》ったスノーホワイト王妃《おうひ》であり……あの結婚式で、それを咎《とが》めもせずに……酒の勢いで、処刑《しょけい》を余興として、笑いながら……高みの見物をした兄上や、この私だ！」

己《おのれ》を罰《ばっ》するように胸に拳《こぶし》を叩《たた》きつけたフィリップの手からは、血が滲《にじ》みだす。

鎧の胸元《むなもと》にも血がついて、滂沱《ぼうだ》の涙に負けないほど滴《したた》り落ちた。

背後に立っている貴族達からも、「あの時、私も一緒《いっしょ》になって笑いました」と、同時にいくつもの声が上がる。誰もが罪を悔《く》い、涙していた。

「魔女が王妃様に向かって呪いの言葉を口にするまで、誰もが……笑っていたんです。焼けた鉄の靴《くつ》を履《は》かされて悶《もだ》え苦しみながら踊《おど》る元王妃の姿を見て、誰もが……」

鏡の魔女が王妃となって実権を握り、スノーホワイト王女を城から追いやってから、グリーンヴァリーは闇《やみ》に支配されていた。国は貧しくなり、他国が攻め入る価値《せ》すらないと判断するほど草木は枯《か》れ、滅亡《めつぼう》の危機に瀕《ひん》していたのだ。

その当時の状況《じょうきょう》では無理もなかった処刑時の出来事を、今は誰《だれ》もが悔いている。呪われたカイルの苦しみに心を寄せて、酷《ひど》く胸を痛めていた。

「誰にでも罪はある。私もまた……呪いのせいとは言えない罪を犯した。そして、悔い改めるつもりもない」

「――カイル……ッ」

「呪いは解けたが、私は幸福な罪人になった」

どうにか立ち上がる叔父の前で、カイルはクロウの体をより強く抱き締《だ》める。

実弟《じってい》の唇《くちびる》に、躊躇《ためら》いなく口づけた。

今こうして見せているものがすべてであり、語るべきことはもう何もないと言わんばかりの行動だ。

「お兄様……」

クロウは少し驚きながらも、恋仲《こいなか》であることがわかる手つきで兄の身に縋《すが》りつく。

カイルがどのような選択《せんたく》をしようと、共にいられるなら薔薇色《ばらいろ》の日々に思えた。

「この通り、私は世継《よつ》ぎを作れない身の上だ。そして地獄の使者として、民《たみ》の生活を揺《ゆ》るがすほど多くの家畜《かちく》を殺し、長年に亘《わた》って民を苦しめてきた。……弟と己の幸福しか考えられない狭量《きょうりょう》な私に、一国の王になる資格はない」

「カイル……そんなことはない。落ち着けば必ず、お前は立派な王になれる！」

「王太子殿下《でんか》、民はグリーンヴァリー王家の血を引く貴方《あなた》を必要としています。貴方の抱える問題は、すべて我々の胸に収めれば済むことです！」

フィリップも貴族達も、王位に即《つ》くことを拒《こば》むカイルを必死に止めたが、カイルは首を横に振る。揺るぎない決意を感じさせる表情で、再び唇を開いた。

「元は隣国《りんごく》の王子でありながら、この国の大公として常に民のことを考え、先王の姪《めい》との間に聡明《そうめい》な一男二女を儲《もう》けた叔父上《おじうえ》こそが、この国の王に相応《ふさわ》しい。次の王はフィリップ・ラグナクリス大公——王太子は、その息子《むすこ》だ」

「カイル……ッ」

「私は地獄の使者に襲《おそ》われて、亡骸《なきがら》も残らないほど酷く食い尽《つ》くされ……私を守ろうとした王は反撃《はんげき》により命を落とし、その後、地獄の使者は叔父上と貴公らが討伐《とうばつ》したと公表してください。私は弟と共に、人目につかない森の中で慎《つつ》ましく暮らします」

カイルは新王となる叔父に向かって膝《ひざ》を折り、クロウを抱《だ》いたまま許しを請《こ》う。

クロウもまた、叔父に向かって「許してください」と告げた。

呪いが解けた今、カイルはこれから十分に王として立派に生きていけると思ったが、禁忌《きんき》の道を進んでもなお、カイルの魂《たましい》は誇《ほこ》り高く潔癖《けっぺき》だ。もう何も隠《かく》さず真っ直《す》ぐ生きていくことを望むカイルの気持ちに、誰もが涙していた。

11

フィリップ・ラグナクリス大公が新王となって、一年と半年の月日が流れた。

彼の妻は王妃スノーホワイトの従妹《いとこ》に当たる元王族だが、彼自身はグリーンヴァリー王家の血を引いていないため、即位《そくい》の前には反対勢力も現れた。

二代も続けてオーデンの元王子が国王となることで、グリーンヴァリーがオーデンの属国にされてしまうのでは……と懸念《けねん》する者がいるのも致《いた》し方ないことだった。

しかし大公は誠実な人柄《ひとがら》で知られており、その妻や子もまた、美貌《びぼう》と知性を兼《か》ね備えていたため国民からの人気が高く、多くの民はフィリップを支持した。

王国の希望の星であったカイル王太子の仇《かたき》を討《う》ち、民を長年に亘って悩《なや》ませていた地獄の使者を倒した功績も評価され、今やグリーンヴァリー王国の新たな希望として君臨している。

「屋根を赤く塗《ぬ》り替《か》えたんだな、まさか自分達でやったのか？」

お忍《しの》びで森に通ってくる新王フィリップに、カイルは「明るくてなかなかいい色でしょう？　二人で協力して半月掛《か》けて塗りました」と答える。

最愛の弟スノーホワイトと暮らしているのは、森の塔《とう》の隣《となり》に建てた小さな家だ。

塔の一階の壁面《へきめん》に穴を開けて扉《とびら》を作り、その扉と密着するように建ててある。

気候や獣《けもの》の活動時期に合わせて、地上の家で過ごしたり、塔の高い部屋で過ごしたり、利便性と安全を考慮《こうりょ》しながら暮らしていた。

「ここに来るたびに驚《おどろ》かされるな。最初のうちは竈《かまど》の使い方も知らない、乳搾《ちちしぼ》りもできない、薪《まき》は割れない、釘《くぎ》一本打てない……そんな二人だったのに」

騎士《きし》の登用制度の改革についてカイルに相談にきたフィリップは、粉糖をたっぷりと掛けたブルーベリーパイに手をつける。

大きめの一口分を咀嚼《そしゃく》してから目を見開き、「美味《うま》いなっ」と声を弾《はず》ませた。

上質なグラハム粉で作った生地《きじ》は、やや硬《かた》めに焼いてあり、フィリングには自家製のサワークリームを使っている。

ブルーベリーは森で摘《つ》んだ旬《しゅん》の物で、甘酸《あまず》っぱくて非常に美味だ。

カイルはパイを食べる叔父《おじ》の正面に座りながら、隣にいるスノーホワイトと顔を見合わせる。

スノーホワイトは、少し照れくさそうに笑っていた。

「そのパイは弟と二人で焼いたんですよ。私は手伝い程度ですが。叔父上が料理人やメイドを寄越《よこ》してくださったおかげで、料理も掃除《そうじ》も少しずつ覚えました」

「これを二人で？　素晴《すば》らしいな、城の料理人が作ったパイより美味い。しかし……手伝いを週に一度に減らして大丈夫《だいじょうぶ》だったのか？　そんなに減らすと負担が大きいだろう」

「十分です。私達はもう、王子ではありませんから」

今は新たな仕事を持っているカイルは、叔父に向かって微笑《ほほえ》んだ。隣では、この一年半で少し成長したスノーホワイトが、「僕もお兄様のように仕事を持ちたいと思っています。お菓子職人《かしょくにん》になりたいんですっ。日持ちする焼き菓子なら、行商が買い取ってくれるそうですから」と、大きな黒目を輝《かがや》かせながら夢を語る。

このブルーベリーのパイも、スノーホワイトが料理人から教わって作った物だった。

二人でブルーベリーを収穫《しゅうかく》し、真っ先にジャムを作ったのだが、ぐつぐつと煮《に》ている時に、香《かお》りに釣《つ》られた蜂《はち》の大群が飛んできて……慌《あわ》てて蓋《ふた》を閉めたり逃《に》げだしたり、大騒動《おおそうどう》になったことも記憶《きおく》に新しい。

「カイルは作家で、君はお菓子職人か……自由気ままで羨《うらや》ましい限りだな」

「すみません叔父様。大変なことを全部押しつけてしまって」

「スノーホワイト、それは私の台詞《せりふ》だよ」

カイルは苦笑《くしょう》しつつ、スノーホワイトの髪《かみ》をくしゃりと撫《な》でた。

かつては塔の上から地上に届くほど長かった髪は、今も短いまま整えてある。

逆にカイルは、万が一他人に姿を見られた時のために風貌《ふうぼう》を変え、ブロンドを長く伸《の》ばしていた。それだけでは変装として心許《こころもと》ないので、突然《とつぜん》の訪問者に備えて、黒革の眼帯を常に服のポケットに入れてある。これまでに何度か、行商人や迷い人が急に訪ねてきたことがあったが、速《すみ》やかに変装して正体を隠し、どうにか上手《うま》く躱《かわ》していた。

「先日出した小説も評判で、順調に売れているそうじゃないか。一昔前の王族や貴族の社会を精緻《せいち》な描写《びょうしゃ》で書いてあり、貴族はもちろん国民からも……特に若い娘《むすめ》達から、ロマンチックな夢を見られると好評らしいな。私もファンの一人として新作を楽しみにしているよ」

「ありがとうございます。民の娯楽《ごらく》になれば一番だと思っています」

自分が綴《つづ》った恋物語《こいものがたり》を叔父に読まれていると思うと少々気恥《きは》ずかしく、カイルは先程《さきほど》パイを褒《ほ》められて照れていたスノーホワイトの気持ちに共感する。

「お兄様、素敵《すてき》なファンがいてよかったですね」

「ああ、どうにもこう……くすぐったい感じがするが」

スノーホワイトに見つめられるとますます照れたが、叔父に褒められたことは嬉《うれ》しく、今の仕事はとても充実《じゅうじつ》していた。

カイルは個人資産の多くをスノーホワイトの目の治療《ちりょう》に使ってしまったため、城を出た時点では先行き不安な経済状態だった。今もまだ十分な収入とは言えないものの、元々読書が好きだったカイルにとって、小説を書くことは大きな喜びだ。

自分が綴った物語を読んでくれた誰かが、今この瞬間《しゅんかん》、幸せな気分で過ごしているかもしれない——そう思うと胸が高鳴り、罪を許されたような心持《こころもち》になれる。

最初のうちは執筆《しっぴつ》に集中できないほど生活力がなく、スノーホワイトと二人で、戸惑《とまど》ったり慌てたりすることも多かったが、叔父の支援《しえん》により自力で生きる術《すべ》を身につけ、今は穏《おだ》やかに暮らしていた。

「叔父上、グリーンヴァリーは父王の悪政で荒《あ》れた状態にありましたから、落ち着いた今でも大変なことは多いかと思います。このような勝手をお許しいただき、本当に感謝しています」

「いや……私は大変だとは思っていないから、構わんよ。こうして時々会って、お前の助言を乞《こ》うこともできるしな。兄上の悪政の尻拭《しりぬぐ》いをするのは、本来は息子のお前ではない。兄上の補佐《ほさ》役として共に婿入《むこい》りしながら、何もできなかった私の役目だ。カイル……これからも私の力になってくれ」

「はい……ですが、助言だなんて。私は世間話のつもりですよ」

「それでもいいんだ。お前と話していると、まともだった頃《ころ》の兄を思いだして、この国に来た頃の情熱を取り戻《もど》せる。私はオーデンの第四王子として生を受けたが、この国のために生きる宿命を背負っていたのだと――今はそう考えている」

「叔父上……」

フィリップの熱い瞳《ひとみ》を見ていると、カイルは昔の父王を思いだす。

妻を亡《な》くすまでの父王は、グリーンヴァリー王家の血を引いていないからこそ余計に、この国の民《たみ》のことを考えてよき君主であろうとしていたのだ。歪《ゆが》んだ愛によって道を違《たが》えなければ、今こうして自分と向かい合っていたのは父だったかもしれない。

厨房《ちゅうぼう》に立って食器を洗う弟の後ろ姿を見つめながら、カイルは叔父が齎《もたら》す感傷に浸《ひた》っていた。

父王によく似た叔父を見送ったあとは、いつも胸が痛くなり、後悔《こうかい》していないはずの事柄《ことがら》に疑問を投げ掛けたくなってしまう。

あの時こうしていたら、或《ある》いはもっと早く動いていたら……父王を殺さずに、心の病を治すこともできたのではないか。自分が勇気を振《ふ》り絞《しぼ》り、なおかつ賢《かしこ》く冷静に立ち回れていれば、今頃《いまごろ》は家族三人で母の墓前に花を手向《たむ》けていたかもしれない。

そんなふうに、別の選択肢《せんたくし》に続く美しい結末を想像する。

実際にできなかったことは、もしやろうとしても実現不可能だったことのようにも思う。できるなら、やっていたはずだ――そう考え、自分は最善の道を進んだと思いたかった。単なる慰《なぐさ》めだとしても、己《おのれ》の心を労《いたわ》り、己の罪を許して……どうにか前を向いて生きるのが人間だ。過ぎ去った道を顧《かえり》みている間も時は容赦《ようしゃ》なく進むのだから、考え事ばかりしていたら、蹴躓《けつまず》いてより大きく転んでしまう。

「お兄様、難しい顔をしてどうしたの？」

この一年半で成長した弟の姿は、前へ進んでいく日々の象徴《しょうちょう》だった。未《いま》だに年相応とは言えないほど幼いが、それでも確かに成長している。この子がいるから、迂闊《うかつ》に躓くわけにも転ぶわけにもいかない。確実に守りたい、唯一無二《ゆいいつむに》の存在だ。

「ここにおいで、スノーホワイト」

カイルは食卓《しょくたく》に着いたまま膝《ひざ》を外向きに出し、自分の太腿《ふともも》を叩《たた》く。

フキンで手を拭《ぬぐ》ったスノーホワイトは、軽い足取りでちょこんと乗ってきた。

小さな尻《しり》と双丘《そうきゅう》の奥にある骨の形を、腿で感じる。

痩《や》せているのでそれほど抱《だ》き心地《ごこち》はよくないが、こうして乗せたくなる可愛《かわい》い尻だ。

「ああ、やっぱり少し重くなった。背が伸びたような気がしたんだ」

「本当に？　パイの食べ過ぎで太ってしまったのではなくて？」

「この細いウエストのどこに無駄《むだ》な肉があるのかな？」

カイルは片脚《かたあし》の太腿にスノーホワイトを乗せたまま、シャツの中に手を忍《しの》ばせる。

腹部はすっきりと細く、子供らしい柔《やわ》らかさがなくなっていた。

近頃《ちかごろ》は毎日屋根に上って作業していたこともあり、少し筋肉がついたようだ。

裏庭で育てている野菜や、牛や鶏《にわとり》の世話にも励《はげ》んでいるので、そのせいもあるのだろう。

「スノーホワイト、日々の頑張《がんば》りが体に出ているよ」

「あ、ん……お兄様、くすぐったい」

「君は私の自慢《じまん》だ」

カイルはすべすべと滑《なめ》らかな肌《はだ》を辿《たど》り、スノーホワイトの胸に触《ふ》れる。

普段《ふだん》は存在感の薄《うす》い突起《とっき》が、すでに硬《かた》く痼《しこ》っていた。

つんと尖《とが》った先端《せんたん》は、触《さわ》ってと強請《ねだ》っているかのようだ。

「お兄様……ぁ……」

顔を見ると、そういう表情をしていた。声も甘くなり、艶《つや》が増している。

白く小さな顔は、幼げでありながらも官能の悦《よろこ》びに満ちていた。

まだ何もしていないのに、期待だけで感じている顔だ。

「そこも少し成長したね、触らなくてもわかるよ」

カイルはスノーホワイトの脚の間に視線を注ぎ、脚衣《きゃくい》の膨《ふく》らみを見ながら乳嘴《にゅうし》を摘《つ》まむ。

まだ触れていない股間《こかん》が、ぴくんと反応する様を愉しんだ。

「あ、あ……ん……っ……でも、まだ……生えなくて……」

「大丈夫だよ、そのうち生えるさ」

「生えても嫌《きら》いにならない？」

ビーストと呼ばれていた時の毛深い体を嫌《きら》っていたせいか……スノーホワイトは心配そうな顔で訊《き》いてくる。それがなんとも初々《ういうい》しく、愛らしくて、カイルは片方の手を弟の脚衣の中に忍ばせた。

「あ、ふ……ぁ」

「こうして滑らかなのもいいが、ふさふさしても可愛いよ。君のだと思えば、毛すら愛《いと》しい。毎日見ているから、成長が愉しみだよ」

「ビーストの姿も好きな僕の気持ち、わかってくれましたか?」

「うーん……それは、まあまあ、かな……一応なんとかわかったような……」

「もう、お兄様ったら」

膨《ふく》れっ面《つら》に見せ掛《か》けたスノーホワイトの顔に、カイルはそっと唇《くちびる》を寄せる。

膨らんだ頰《ほお》を潰《つぶ》すようにキスをして、ますます膨らむ雄《おす》を指で扱《しご》いた。

「あ、ぁ……そこ、気持ち……いぃ……」

陰茎《いんけい》を摘まみながら括《くび》れを強めに締《し》めると、スノーホワイトは肩《かた》を竦《すく》めて喘《あえ》ぐ。

カイルの手には物足りない感触《かんしょく》だが、それでも以前に比べると雄らしくなり、若々しく天を仰《あお》ぐ様がなんとも素直《すなお》で愛しかった。

「君が一番感じる先端を撫《な》でてあげたいのに、お腹《なか》についてしまっているね」

「ん、ん……嫌、ちゃんと弄《いじ》って……」

背中を丸めていたスノーホワイトは、鈴口《すずぐち》が腹部から離《はな》れるよう身を反らす。

幼げな昂《たかぶ》りは透明《とうめい》な糸を引き、ひくんっと揺《ゆ》れることで糸を切った。

露《あら》わになった小さな孔《あな》から、粘性《ねんせい》の蜜《みつ》が湧《わ》きだしてくる。

「ここを弄ると、君はとても貪欲《どんよく》になる」

「い……あ、ぁ……っ」

カイルは触れた雄の先端で、指の腹をくるくると回して円を描《えが》いた。

こうすれば必ず腰《こし》を上げて強請りだすことを、カイルはよく知っている。後ろを突《つ》かれる悦びを知り尽《つ》くした体は、性器への愛撫《あいぶ》だけでは物足りないようで、スノーホワイトは脚衣と下着を自ら下ろし始めた。

「お兄様……っ」

カイルは先走りで濡《ぬ》れた指を舐《な》め、腿の上で服を脱《ぬ》ぐスノーホワイトを見つめる。

シャツの袖《そで》からするりと出てきた白い腕《うで》が、膝に絡《から》んでいた下着を床《ゆか》に落とした。

ブレスレット以外は一糸纏《まと》わぬ弟の体は、絹と真珠《しんじゅ》と白薔薇《しろばら》を練って作り上げたかのようだ。見飽《みあ》きてもおかしくないほど見ているというのに、目を瞠《みは》り、果ては陶然《とうぜん》とするほど美しい。

「いつ見ても君は綺麗《きれい》だ。恋《こい》に落ちる瞬間《しゅんかん》を毎日味わえるなんて、私は幸せ者だな」

カイルの言葉に、スノーホワイトは頬を染めてはにかむ。

そして体の向きを変え、血色のよい唇を耳元に寄せてきた。

「お兄様……ゆっくりだけど、ちゃんと成長しますから、見ていてくださいね」

「ああ、もちろんだよスノーホワイト。十六年分の成長を見守れなかったことは悲しいけれど、ここから先は毎日見ている」

「──嬉《うれ》しい」

スノーホワイトはそう言って笑うなり、腿ではなく股間の上に乗ってきた。

脚衣越《ご》しでもわかる尻の形を感じて、カイルの雄は急激に昂っていく。

スノーホワイトの小さな尻に、ねじ込みたくてたまらなかった。

体中が火照《ほて》り、座っているのに息が上がりそうになる。

目の前の白い体が、上下に艶《なま》めかしく動いて誘《さそ》ってきた。

勃起《ぼっき》した淡《あわ》い乳首《ちくび》に、しゃぶりつかずにはいられない。

「ふ、あっ……！」

カイルは向き合うスノーホワイトの背中を支えながら、脚衣の前を寛《くつろ》げた。

小さな尻に入りたがるこらえ性のない物を、尻の谷間に深く挟《はさ》む。

「ん、ぅ……お兄様……ぁ……」

口づけを求めるスノーホワイトに唇を与《あた》えながら、上向きに腰を揺らした。

木製の椅子《いす》に座ったままだったが、それでも動いて疑似《ぎじ》的な性行為《せいこうい》に耽《ふけ》る。

滑らかな感触で張りがあり、柔らかさと弾力《だんりょく》を兼《か》ね備えた膨らみの間に、蜜を滴《したた》らせる分身をきつめに挟んだ。

そうしながらもスノーホワイトの後孔《こうこう》を刺激《しげき》し、時にはわざと孔を突いてみせる。

「や、ぁ……あ……入って、しまい、そ……ぅ」

「そうだね、早く入ってしまいたいよ」

「あ、ん……早く……っ」

「もう少しだよ」

可憐《かれん》な窄《すぼ》まりは、繰《く》り返しノックすることで少しずつ綻《ほころ》んでいった。

昨夜カイルが注いだ精液を零《こぼ》し、新たな蜜と混ざりながら屹立《きつりつ》を濡らしていく。

ぬるぬると滑《すべ》らせるたびに興奮する体を揺らして、カイルはスノーホワイトの乳首を強めに吸った。

「ふあ、あ——ぁ……！」

腹に触れていた雄茎《ゆうけい》から、重い白濁《はくだく》が噴《ふ》き上がる。

シャツの隙間《すきま》から入ってきたそれは、カイルの肌をねっとりと撫で下ろした。

スノーホワイトの絶頂に興奮が高まり、口内に含《ふく》んだ胸の突起をより強く吸いながら自身のペニスを握《にぎ》る。すべての筋がパンパンに膨らみ切った屹立を、蜜濡《みつぬ》れて物欲《ものほ》しげな孔に向けた。

「や、あ……おっ、き……ぃ」

「——ッ、ン……」

鈴口が埋《う》まり込み、きつい肉の輪を抉《こ》じ開ける。

ずぷんっと輪を抜《ぬ》け切った時の快楽は、ともすれば……それだけで達してしまいそうなほど危《あや》うい。男の矜持《きょうじ》でなんとかこらえてみせるが、いつもひやりとさせられる。

気を抜いたら一瞬《いっしゅん》で持って行かれてしまいそうな、至上の快感だった。

「あ、ぁ……ん、あ……」

「……ッ、スノーホワイト……もっと、力を抜いてくれ」

「無理、です……だって、お兄様の……大きくて、苦しい……っ」

スノーホワイトはカイルが乳首を吸っていられないほど身を伸《の》ばし、背中を反らす。

視線の先にある濡れた痼《しこり》を欲《ほっ》しながらも、カイルは本能の赴《おもむ》くままに動いた。

スノーホワイトの腰を両手で掴《つか》んで、がつがつと下から突き上げる。

「は、あ、っ……んあぁぁ……！」

「──スノー……ッ！」

抉《えぐ》るように、掘《ほ》るように突いて、さらに突いて、スノーホワイトの体をテーブルに押し倒《たお》す。

ブルーベリーの香《かお》りが残る食卓《しょくたく》の上に縫《ぬ》い止めてから、両膝《りょうひざ》を肩に抱《かか》えて腰を進めた。

「ふ、あぁ……あ──ッ！」

「……ッ、ゥ……！」

際限なく愛を求める淫《みだ》らな体に、カイルは一度目の精を注ぐ。

ドクドクと最奥《さいおう》を打つと、スノーホワイトの表情が変化した。

愛くるしいものから、男の精を食《く》らう淫婦の如《ごと》き表情へと変わる。

「──スノー……！」

エルフの精に塗《まみ》れて育った弟──淫蕩《いんとう》な母から受け継《つ》いだ血を持つ、憐《あわ》れな弟。

あまり淫らな顔をされると思いだして、胸が引き絞《しぼ》られるように苦しくなるけれど、しかし
ここからすべては自分の物だ。

「スノーホワイト……ッ、私の弟……！」

「ん……あぁ……お兄様……っ、あぁ――！」

同じ腹から産まれた、同じ血を持つ実の弟――。

そう思うだけで、吐精した直後とは思えないほど血が滾《たぎ》る。

もっともっと善《よ》がらせて、甘い声で泣かせたい。

淫らな狂愛に溺《おぼ》れた親の血を引いているのは、自分も同じだ。

いつか弟の命が尽きたその時は……もう一度あの浅ましい獣《けもの》になって、この体を余す所なく食べてしまおう。

弟がいない世界で一秒たりとも生きていたくはないけれど、まずは誰《だれ》にもこの子を奪《うば》われぬように――この子のすべてが自分の物になるように。唇も頬も目も、可愛《かわい》い乳首も性器も……小さな尻《しり》や後孔も……愛したすべてを、食べ尽くそう。

あとがき

ルビー文庫様では初めまして、犬飼《いぬかい》ののです。

本書、『白雪姫《しらゆきひめ》の息子《むすこ》』をお手に取っていただき、ありがとうございました。

白雪姫はもちろん、ラプンツェルや美女と野獣《やじゅう》、眠《ねむ》り姫のネタまで混ぜ込んだ禁断童話BL、いかがでしたでしょうか？

以前、同じKADOKAWAのフルール文庫様で『人魚姫の弟』というBL小説を書かせていただいた際は、元ネタが人魚姫だけに切ない系を目指しましたが、今回は元ネタが少々怖《こわ》い白雪姫ということで、ダークファンタジーBLに寄せてみました。

タイトルの『白雪姫の息子』というのは、クロウ（スノーホワイト）だけではなくカイルも含《ふく》めたものになります。

二人とも王子ですし、『白雪王子』というタイトルでも意味が通るので最後まで迷いましたが、白雪姫の息子であることが重要になるため、現在のタイトルにしました。

継母《ままはは》を残酷《ざんこく》に処刑《しょけい》した白雪姫と、死体愛好家説のある王子の間に産まれた、悲しくも美しい兄弟を妄想《もうそう》するのは、本当に楽しくて……しかしながら実際に書き始めるとカイルがあまりに気の毒に思えてきて、早くなんとかしたくてたまりませんでした。

イラストに関してですが、笠井《かさい》あゆみ先生のイラストから起こした二人でしたので、実際に本の形になって大変嬉《うれ》しいです。

筆舌《ひつぜつ》に尽《つ》くし難《がた》いほど美しく繊細《せんさい》なイラストに酔《よ》ってしまい、夢を見ているのではないかと疑うばかりでした。

笠井あゆみ先生、関係者の皆様《みなさま》、本当にありがとうございました。

最後になりましたが、本書をお手に取ってくださった読者様に心より御礼《おれい》申し上げます。

どうか気に入っていただけますように。是非《ぜひ》またお付き合いください。

犬飼のの

KADOKAWA
RUBY BUNKO

白雪姫《しらゆきひめ》の息《むす》子《こ》

犬飼《いぬかい》のの

角川ルビー文庫　　19443

2015年11月1日　初版発行
2024年5月25日　5版発行

発行者——山下直久
発　行——株式会社KADOKAWA
〒102-8177　東京都千代田区富士見2-13-3
電話 0570-002-301（ナビダイヤル）
印刷所——株式会社KADOKAWA
製本所——株式会社KADOKAWA
装幀者——鈴木洋介

●お問い合わせ
https://www.kadokawa.co.jp/（「お問い合わせ」へお進みください）
※内容によっては、お答えできない場合があります。
※サポートは日本国内のみとさせていただきます。
※Japanese text only

ISBN978-4-04-103698-3　C0193　定価はカバーに表示してあります。

◆◇◇

KADOKAWA RUBY BUNKO

角川ルビー文庫

いつも「ルビー文庫」を
ご愛読いただきありがとうございます。
今回の作品はいかがでしたか?
ぜひ、ご感想をお寄せください。

〈ファンレターのあて先〉

〒102-8177 東京都千代田区富士見 2-13-3
株式会社KADOKAWA
ルビー文庫編集部気付
「犬飼のの先生」係

「さあ、いやらしいことをするぞ」
義父の晴文を想う大学生の志貴は、
気持ちを抑えるために
内緒で叔父とも関係を持っていた。
しかし危うい均衡は、
ある日突然崩れ始め……。
甘《かん》淫《いん》
～蜜雨に打たれて～
義父と叔父……禁断の快楽は蜜となり、
秘密の欲望は暴かれる――。
イラスト／
笠井あゆみ
西野 花

丸木文華
MARUKI BUNGE
イラスト／笠井あゆみ
霧の楽園
俺の全てをお前にやる。
学…お前の中は、天国だ。
伯爵家の嫡子×奉公人の身分を超えた
眩い恋は、宵闇の中、華ヒラク――。
伯爵家の嫡子・裕太郎と奉公人の学。
幼馴染とはいえ身分の違いから一線を引こうとする学だが、
裕太郎はそれを許さず…。